MEMOIRES

DE

M. LE MARQUIS

DE FIEUX.

MEMOIRES
DE
M. LE MARQUIS
DE FIEUX,

Par M. le Chevalier DE MOUHY.

TROISIE'ME PARTIE.

A PARIS,
Chez GREGOIRE-ANTOINE DUPUIS,
Grand'Salle du Palais,
au S. Esprit.

M. DCC. XXXVI.

Avec Approbation & Privilege du Roy.

MEMOIRES DE M. LE MARQUIS DE FIEUX.

TROISIE'ME PARTIE.

J'Ai dit que j'étois trop ſoumis aux ordres de la Marquiſe pour ne pas me conformer au moindre de ſes déſirs ; & pour ne pas entrer dans ſes juſtes appréhenſions. Mon Laquais reparut ; il me dit que M. le Comte de T... logé dans l'Hôtel où nous étions, ayant vû à l'adreſſe de mes malles mon nom, me connoiſſant, diſoit-il, m'envoyoit prier de venir ſouper avec lui. C'étoit le Gentilhomme du Prince de N . . . . . dont j'ai parlé dans ma premiere Partie, de qui j'avois reçu tant de politeſſe. Son Laquais ſortit avec aſſûrance de ma part que j'allois lui rendre mes devoirs, & lui marquer la joye que j'avois de ce que le hazard me procuroit cet honneur. Madame de P . . . qui s'attendoit à toute autre choſe, fut la premiere à me preſſer de la quitter, lorſque je lui eu appris ce que je viens de dire au ſujet de ce Gentilhomme; plus tranquille, ſe perſuadant qu'en cas de nouvelles tentatives de la part de ſon mari, il ſe trouveroit gens dans l'Hôtel qui ſçauroient ſoutenir ſes intérêts.

Après avoir donné le bon ſoir à Madame de P . . . je me fis conduire à l'appartement de M. le Comte de T . . . Il étoit à table ;

mais dès qu'il me vit il vint à moi, & m'embrassa avec une vivacité qui me prouvoit qu'il ne m'avoit point oublié. Il me prit ensuite par la main, & me présenta à un jeune Cavalier très-bien fait, en me disant à l'oreille que c'étoit le fils du Prince de N... qui venoit passer son hiver à Paris. Ce jeune Prince prévenu par tous les biens qu'on lui avoit dit de moi, se leva, me fit mille amitiez, & me dit qu'il vouloit que je fusse de ses amis : quoique j'eusse soupé, je fus obligé de me mettre à table ; & comme je n'avois que des sujets de satisfaction, je fus de la meilleure humeur du monde. Ma conversation ne déplut point ; les préjugés avantageux qu'on avoit donnés de moi, y eurent sans doute part. Avant que de me retirer, le Prince me pria poliment de ne le point quitter, & de l'aider à se tirer d'affaire dans un païs dont il ignoroit les uſages. Je répartis que l'honneur qu'il me faiſoit, étoit trop flatteur pour que je n'y répondiſſe pas, & que je tâcherois de le mériter par un attachement ſingulier ; mais que c'étoit à moi de le ſupplier de vouloir bien me montrer les uſages dont il étoit queſtion ; que je venois à Paris pour la premiere fois ; que j'y ſerois très-neuf : mais qu'il en étoit tout autrement du Prince ; parce que ceux de ſon rang n'étoient jamais embarraſſés, & ſçavoient tout ſans avoir rien appris. Voilà qui eſt bien françois, dit le Prince, en ſe retournant vers le Comte, compliment pour compliment, me dit-il en ſouriant, je trouve qu'avec tout l'eſprit que je vous entrevois, vous devez être de tout païs. Je fis une profonde révérence à ce diſcours ; & comme il étoit fort tard, je me retirai.

Le lendemain à huit heures le Comte de T.... entra dans ma chambre ; je fus au déſeſpoir de ne l'avoir point prévenu : mais j'avois été ſi fatigué les jours précédens, que j'aurois encore dormi plus long-tems ; je lui fis mille excuſes à ce ſujet, qui furent reçues avec le meilleur cœur du monde. Il me pria de commencer dès les premiers jours à bannir les façons comme nuiſibles à la bonne ſocieté : il me dit que le Prince étoit fort engoué de moi ; & que de la façon dont il parloit, il prévoyoit que nous ne nous quitterions guéres dorénavant ; choſe cependant qui m'inquiéta, parce qu'il eſt difficile de donner à la fois à l'amour & à ſes amis. Ce Gentilhomme m'ajoûta que ſon Maître devoit après l'hiver aller à Londres, qu'il étoit à Paris *incognito*, ſous le nom du Marquis de Krainſgraen, & que depuis trois semaines qu'il y séjournoit, il n'étoit pas imaginable comme il y profitoit. Sçavez-vous bien, continua-t-il en badinant, qu'il y a déja fait une Maîtresse, & de quel air ? L'Opera sans vanité. Pour faire paroli, moi qui vous parle, j'en ai une à la Foire : voilà qui est à merveille, repris-je sur le même ton, c'est-à-dire qu'il n'y aura que moi qui serai sans occupation. Je vous garantis, continua le Comte, que vous n'aurez pas lieu de vous plaindre longtems ; ce Prince est actif, il ne vous laissera pas long-tems sans Dulciné. Je n'étois point amoureux ; il a fallu bon gré malgré que j'en aye eu, que je le sois devenu.

Cet article nous auroit sans doute mené plus loin, sans qu'on vînt m'avertir que la Marquise étoit éveillée, & qu'elle me demandoit. Mon empressement me fit prendre congé du Comte ; mais il m'arrêta, en me disant que le Prince l'avoit chargé de m'amener chez lui. Je compte bien, repris-je, assez embarrassé, lui rendre mes devoirs ce matin ; dans un instant je suis à vous : mais je ne puis me dispenser d'aller apprendre ce que me veut une femme de qualité avec laquelle j'ai fait le voyage, & à qui je dois des soins par bien des endroits. Ah ! ah ! s'écria le Comte d'un air mystérieux, je comprens que le Prince n'aura pas besoin de vous pourvoir ! Aussi aurois-je été bien surpris que le Marquis de Fieux eût attendu si long-tems à l'être. Je vous assûre, mon cher Comte, interrompis-je, que vous vous trompez ; les seuls égards & la bienséance..... Ah ! s'écria ce Gentilhomme, je croirai tout ce qu'il vous plaira, en vous jurant cependant que je n'en suis point a dupe ; mais si vous voulez me croire, je vous conseille de ne point finasser, & sur-tout avec le Prince. Je vais descendre chez lui; je le préviendrai, si vous le jugez à propos, sur le bon ton; vous viendrez un moment après, & il sera le premier à vous renvoyer. Mais si vous vous y prenez autrement, vos pouvez compter qu'il se fera un plaisir malin de vous retenir toute la journée.

Je goûtai son avis, & ce ton de confiance attira le mien. Dès que je fus habillé, je fus à l'appartement du Prince, il étoit prévenu, & il en usa dès ce premier jour avec autant de bonté & de familiarité, que s'il y eût eu dix ans que je lui eusse fait ma cour; conduite qui me soulagea beaucoup, ennemi comme je l'ai été toute ma vie, de la contrainte, ne pouvant imaginer comment il est possible que les hommes se rendent les vils esclaves de l'interêt, de l'ambition ou des autres passions. J'ai toujours pensé que la vie est toujours chargée d'incidents & de peine ; qu'il faut être insensé pour en sacrifier une partie à une fiere supériorité, à qui souvent ce tems que nous nous dérobons pour lui plaire, non-seulement n'est d'aucun prix pour nos interêts, mais encore devient à charge, & par conséquent rend inutiles tant de peines données, qui ne vous laissent que le regret de les avoir prises. Je conviens qu'on doit remplir des devoirs dans toutes sortes d'états ; mais je suis du sentiment, que lorsque le hazard ou le peu de connoissance que nous avions de nous-mêmes, nous a attachés à des fonctions qui font naître le dégoût, & qui troublent la paix de notre cœur, nous devons les échanger contre d'autres qui fassent un effet contraire, & qui deviennent, s'il étoit possible, des momens d'amusemens : tous les hommes sont nés pour le travail ; mais il en est de tant de sortes, qu'il peut s'en trouver de propres à notre inclination. La sagesse du choix décide souvent de notre bonheur, & celle de la conduite le conserve ; l'aisance y contribue beaucoup : ce qui doit faire tenir en garde contre la vaine ostentation qui prend sa source dans la basse envie de s'élever au-dessus d'un voisin que l'opulence met au-dessus de nous. S'il étoit possible encore de choisir les protecteurs, lorsque nous sommes dans l'obligation d'en avoir, notre inclination qui décideroit, & la cour qui leur seroit faite, n'étant point occasionnée par une obligation indispensable, non-seulement seroit propice, & par conséquent aboutiroit à la fin proposée, mais encore convenable en ce qu'elle seroit conforme à notre façon de penser ; point capital à la félicité dont je fais journellement l'expérience ... Mais je m'apperçois que l'envie que j'ai de faire partager la paix dont je jouis, me fait insensiblement déroger à ce but légitime par l'ennui que doit causer une morale inutile.

En sortant de chez le Prince, je passai chez la Marquise ; elle me reçut avec une bonté, des façons, & j'ose le dire, avec des prévenances dont elle ne m'avoit pas encore honoré. Qu'on juge de mes transports ; je m'y livrai avec un zéle, une reconnoissance & une douceur infinie : vous me sacrifierez cette journée, me dit-elle ; puis-je compter sur cette complaisance ? Quel langage me tenez-vous, Madame, interrompis-je ? Douteriez-vous encore de tous mes sentimens ? Ne sçavez-vous pas que mon bonheur & mon repos dépendent de jouir de votre charmante vûe ? Est-il possible que vous ne me rendiez pas encore la justice qui m'est dûe, & que vous ne connoissiez pas l'empire que vous avez sur mon cœur ? La Marquise, en écoutant ces mots, soupiroit ; des pleurs même lui échapperent : helas ! que vouloient-ils me dire ? Ils me présageoient un adieu éternel. Le parti de cette adorable femme étoit pris, exemple inimitable de toutes celles qui ont de la vertu ; le goût qu'elle se sentoit pour moi, lui donnoit de la défiance d'elle-même. Elle s'immoloit à son devoir, à la bienséance, & croyoit qu'en cette faveur il falloit tout sacrifier : nous dînâmes ensemble ; elle me faisoit mille amitiez, & sembloit vouloir adoucir le coup qui m'étoit réservé pour le soir, en s'accablant elle-même par l'endroit le plus sensible. De combien de précaution ne se servitelle point, pour que le coup qu'elle étoit obligée de me porter ne lui causât pas la mort.

Le jour commençant à baisser, la Marquise jetta les yeux sur sa montre ; & me faisant appercevoir qu'il étoit près de six heures, elle feignit de se repentir de m'avoir gardé si long-tems, & de n'avoir point prévû que je devois faire ma cour au Prince : elle m'engagea de réparer cet oubli, & me dit qu'elle profiteroit du tems que je serois près de lui pour écrire des lettres indispensables. L'habitude que j'ai toujours eue d'être complaisant pour les Dames, me fit obéir ; en la quittant, elle me tendit la main, me serra la mienne, & me donna un baiser. Helas ! Que je devois le payer cher ! Il passa jusques dans les replis de mon cœur, & le fit tréssaillir. Ce mouvement m'annonçoit tous les maux dont j'allois être accablé. L'inquiétude dont je n'étois pas le maître, parut jusques chez le Prince ; il me demanda plusieurs fois ce que j'avois : le cœur est malade, Marquis, me dit-il avec esprit ; le vôtre est blessé, je m'y connois & je vous plains ; lorsque cette partie souffre, sa douleur réfléchit sur toutes les autres ; nous ne sommes plus à nous-mêmes, les plaisirs déviennent insipides & incommodes ; on désire, on est à charge à soi-même, & l'on ne peut imaginer que le tems puisse dissiper le trouble dont on est agité, les bienséances gênent, & les devoirs accablent. Ah ! sexe trop charmant, que ton joug est tyrannique ! Avouez-le, Marquis, & convenez que la solitude seroit bien plus conforme à l'état où vous vous trouvez, que les compagnies les plus brillantes & les mieux choisies. Soyez libre avec moi ; je veux gagner votre confiance, en vous faisant part de la mienne; & pour vous y mieux engager, je veux vous rapporter ce qui m'est arrivé depuis que je suis à Paris. Vous verrez qu'il est des tourmens de toute espece: je suis heureux, si c'est l'être de jouir d'un bien que l'on a beaucoup désiré; cependant je souffre. Délicat, comme je vous crois, vous jugerez par le récit que je vais vous faire, quels sont les endroits qui troublent ma félicité.

Après que j'eus fait ma cour au Roi, & que j'eus donné aux bienséances le tems convenable, je revins à Paris avec tout l'empressement d'un Etranger préoccupé des plaisirs que l'on peut goûter dans cette Ville: vous pouvez vous imaginer qu'ils me furent présentés en foule; spectacles, cadeaux, promenades se succederent les uns aux autres. Les femmes dans ce païs, qui souffrent un Etranger pécunieux, parurent empressées de faire connoissance avec moi : aucunes de celles qui me prévinrent, ne firent impression sur mon cœur ; je les voyois toutes avec une égale indifférence ; je vécus plus d'un mois dans cet état de paix, c'étoit trop longtems refuser le tribut. Mademoiselle de B... qui brilloit sur un des théatres de Paris, me plut d'autant mieux qu'elle ne cherchoit point à me plaire ; la décence & l'air modeste, qui accompagne ses pas dans un état où il semble qu'on en soit dispensé, me la fit distinguer de ses semblables. Ces talens furent admirés, & mon cœur & mon goût lui donnerent la préférence ; je souhaitai dès ce moment d'être de ses amis. La permission de la voir fut demandée & accordée ; l'on me reçut avec des façons si imposantes, qu'elles me

firent

firent oublier le début que je m'étois préparé de lui faire, & me donnerent une retenue dont je ne me croyois pas capable; en un mot, Marquis, je fus aussi avancé à la quatriéme visite, que je l'avois été à la premiere. Chaque fois que je sortois de chez elle, je me reprochois mon trop de timidité; & lorsque j'y retournois avec les résolutions les plus fermes, un regard, un geste me rendoit respectueux. Enfin, las de ce manége, & la résistance ayant sans doute augmenté ma passion, je lui fis offrir un parti si fort au-dessus de ce que tout autre pouvoit faire, qu'une tante qui pensoit peut-être mieux qu'elle, ou moins bien, me fit répondre que je serois le bien venu; mes promesses devancerent ma visite. Un Seigneur plus aimable que moi eut son congé, parce qu'il étoit moins riche. En entrant dans la maison, on m'assûra que j'en étois le maître; je n'en ai point mésusé, Marquis, parce que je voulois devoir au cœur ce qu'on n'auroit accordé qu'à ma fortune. Vous l'oserai je avouer, & n'a-t-on pas raison de dire, que les Allemands sont les dupes des femmes de Paris? Je suis aussi avancé aujourd'hui que le premier jour près de cette charmante fille. On me fait espérer que mes bonnes façons, ma délicatesse emporteront un cœur né délicat, & sur lequel on prétend que tous les biens du monde n'ont point d'empire. Helas! on dit vrai; j'en fais encore la fatale expérience.

Une petite incommodité m'ayant retenu trois jours chez moi, & ayant été ce tems sans donner de mes nouvelles à Mademoiselle de B... l'inquiétude de me perdre (car je me l'imagine ainſi) a apporté quelques changemens a mes affaires. On m'a écrit ; on s'eſt plaint de ma négligence & de mon peu d'attention ; la lettre étoit vive & ſpirituelle. Si je m'en étois crû, la mienne auroit été remplie des témoignages de la plus vive paſſio; mais par le conſeil du Comte, ma réponſe fut remplie d'indifférence ; & je finiſſois ma lettre en lui avouant que j'étois moins incommodé, que réſolu de ne lui plus être à charge ; que c'étoit le devenir, que de demander un bien qui n'étoit pas en notre puiſſance, ou que nous ne voulions pas donner. Vous le dirai je, Marquis ! cette lettre a plus fait que vingt mille francs d'aſſiduité ; on eſt venu me voir le même jour ; des reproches mêlés de tendres careſſes ont plûtôt ranimé mon eſpérance, qu'un amour qui ſubſiſtoit toujours. On m'aimoit, diſoit-on ; mais on attendoit à me l'avouer qu'on fût mieux perſuadé de ma conſtance. Scélérate, je vous ai crû, continua le Prince en levant les yeux au Ciel, parce que quand on aime on a de la confiance : pourquoi cherchiez-vous à augmenter une paſſion qui vous eſt ſi onéreuſe, & dont vous faiſiez ſi peu de cas ?

Ces témoignages d'une façon de penſer délicate me faiſoient imaginer une félicité parfaite dans la jouiſſance d'un cœur de cette eſpéce. Mais eſt-il un bonheur durable dans l'empire de Cythere? Une traîtreſſe de femme de chambre eſt venue avant-hier en ſapper les fondemens. L'appas de la récompenſe, un caprice, ou, pour mieux dire, un mécontentement l'a fait réſoudre à ſe venger de ſa Maîtreſſe : on n'aime guéres ſans un peu de jalouſie : la mienne a été piquée par les diſcours de cette fille, quoique cette conversation m'ait donné vingt coups de poignards. Elle est trop présente, pour que je ne la rapporte pas. Vous n'êtes jamais venu à Paris, continua le Prince; & comme il est à présumer que tôt ou tard vous tomberez dans les filets où je me suis laissé prendre, il est bon de vous en faire connoître tous les dangers.

Vous êtes trop aimable, mon Prince, & trop honnête homme, me dit la femme de chambre, pour vous laisser tromper. Malgré la discrétion dont toute Suivante doit se piquer, je ne puis m'empêcher de parler; il n'est pas supportable qu'après la façon généreuse & honnête dont vous en avez usé avec Mademoiselle de B... que vous soyez si grossiérement sa dupe: encore m'en consolerois-je, si elle profitoit des biens dont vous la comblez; mais de les voir passer ailleurs, & surtout à un homme qui est votre inférieur de toutes les façons .... Comment donc, interrompis-je ému de ce préambule, votre Maîtresse en aime donc un autre que moi ? En pourrez-vous douter, continua cette fille, après les preuves que j'offre à vous en donner ? En attendant, sçachez que M. de Vilaintoit possede depuis long-tems la confiance de Mademoiselle de B... Je ne puis m'imaginer quel ragoût elle trouve dans l'entretien de cet homme ; car, tenez, mon Prince, vous êtes plus charmant dans votre petit doigt, qu'il ne l'est dans toute sa personne ; figurez-vous que c'est un petit homme plus noir que toutes les taupes ; sa tête est énorme, & tous les traits de son visage dessignés en petit, à la réserve du nez dont la monstrueuse grosseur fait ombre à toutes les autres parties ; l'un de ses yeux regarde en haut, & l'autre en bas ; sa lévre supérieure couvre entiérement celle du dessous. Lorsqu'il est dans une assiette tranquille, une loupe aussi grosse que sa tête, sortant de dessous son oreille, va s'appuyer sur son épaule gauche : ce qui met ceux qui le regardent pour la premiere fois dans l'embarras de décider de quel côté est son col. Pour sa taille, elle mérite d'être examinée avec beaucoup d'attention : l'on ne peut pas dire qu'il soit bossu ; mais il en a toutes les graces, & l'on ne peut pas la mieux comparer qu'à un *Z* ; son allure ressemble à celle d'un Oye, & son langage à celui d'un Chantre enrhumé. Nonobstant ce grotesque portrait, Mademoiselle de B... ne le troqueroit pas contre le plus bel homme ; & cela est si vrai, qu'elle a eu mille peines à recevoir vos vœux : c'eſt à Madame ſa tante à qui vous avez cette obligation, ne voulant pas perdre un pigeon auſſi dodu que vous ; elle a fait le diable à quatre, lorſqu'elle a connu par votre lettre que vous commenciez à vous réfroidir : pour avoir la paix, il a fallu qu'elle fît la démarche de vous aller voir ; mais vous n'en êtes pas plus avancé, car elle a juré le même ſoir à ſon Mignon qui faiſoit le mutin, qu'elle n'aimeroit jamais que lui ; & que ſi elle recevoit vos bienfaits, ce n'étoit que pour les partager avec lui : cent louis donnés ont prouvé ce diſcours ; ce qui a rendu M. de Vilaintoit doux comme un mouton.

Je ne vous entretiendrai pas plus long-tems, continua le Prince, de tout ce que m'a dit cette fille ſur ce chapitre, ni de tous les tours qu'elle m'apprit que ſa Maîtreſſe m'avoit joués depuis que je

la

la connoiſſois. La ruſe & l'artifice les rendent ſinguliers & amuſans; mais j'aime encore trop cette ingrate, pour me réſoudre à m'y arrêter; je payai généreuſement la trahiſon, en déteſtant celle qui la mettoit en œuvre.

Cependant la connoiſſance que j'eus de mon malheur, m'aigrit au point que je ne voulus plus retourner chez Mademoiſelle de B... Elle m'écrivit pluſieurs lettres, auſquelles je ne répondis point: la tante vint chez moi pour raccommoder ſans doute les choſes; je ne voulus point la voir. Pour ne laiſſer aucun lieu d'eſpérer à cette ingrate Maîtreſſe, je fus rendre des ſoins à Mademoiſelle D..... ſa Rivale, dont Mademoiſelle de B... fut au déſeſpoir: ce que j'appris par ſa femme de chambre, me flattant que j'avois trouvé le ſecret de la punir. J'ai continué mes viſites; je m'attendois à chaque inſtant voir arriver mon Ingrate : mais, mon cher Marquis, que je connoiſſois peu les femmes. Cette fille a pris un ton tout différent ; les bijoux que je lui avois donnés, m'ont été renvoyés : j'ai beau les lui faire remettre, elle s'obſtine à ne vouloir pas les garder, diſant qu'il n'étoit pas juſte qu'elle gardât les témoignages d'une paſſion que je n'avois plus. Je n'ai pû m'empêcher d'admirer ſon déſintéreſſement : je me ſuis trouvé par curioſité dans des endroits où j'étois ſûr qu'elle ſe rencontreroit. Le croirez-vous ? Elle n'a pas daigné jetter les yeux ſur moi ; j'en ſuis piqué au vif : en un mot, je l'aime plus que jamais : quelquefois je doute des rapports que l'on m'a faits ; je me reproche d'y avoir prêté l'oreille ; un inſtant après je rougis de ma confiance : dans cette agitation perpétuelle il me prend ſouvent envie d'aller me jetter à ſes pieds ; un certain je ne ſçai quoi me retient , la vanité peut-être qu'on ne ſe mocque de moi & qu'on ne publie mon avanture. Je ſuis ſenſible aux plaiſanteries ; quoique je me rende aſſez de juſtice , pour convenir que je me les ſerois juſtement attirées.

Je voudrois rendre termes pour termes la narration du Prince, elle ſeroit amuſante & ſinguliere : outre la difficulté qu'il avoit à prononcer notre Langue , il aſſaiſonnoit de tems en tems les circonſtances épineuſes de mots énergiques & effrayans pour une oreille délicate. Je plaignis cet Amant de bon cœur ; parce que ſans avoir eſſuyé de pareils travers, j'imaginois qu'ils devoient être ſenſibles : pour peu qu'on ait le cœur compatiſſant , on s'intéreſſe aiſément au malheur d'autrui.

Une certaine inquiétude me fit prendre congé du Prince, qui avoit coutume de ſe trouver à la ſortie de l'Opera: je vis avec plaiſir qu'il s'y diſpoſoit; quoïque je n'oſaſſe rentrer chez la Marquiſe, ſans qu'elle me fît appeller, la croïant occupée à écrire; j'aſpirois à me trouver ſeul. En rentrant dans ma chambre, je treſſaillis à la vûe d'une petite caſſette que je connoiſſois appartenir à la Marquiſe, laquelle étoit ſur ma table. Je devinai ſur le champ le malheur qui m'étoit annoncé; je volai dans l'appartement de Madame de P... il eſt ouvert; j'appelle ſa femme de chambre, rien ne répond à ma voix; je paſſe comme un fou dans ſon cabinet; je parle ſeul; je m'écrie; tout me confond; les malles ſont enlevées; tout me dit que la Marquiſe eſt partie. Eſt-ce elle qui me quitte? Il n'y a point d'apparence: mille tendres amitiez faites quelques heures auparavant ne m'annoncent pas ce malheur ; mais, Ciel ! m'écriai-je, ne seroit-ce point son mari qui l'auroit enlevée pendant que j'étois chez le Prince ? Ne devois-je pas prévoir un tel malheur ? Mes yeux égarés se fixerent alors sur la cassette, & s'arrêterent sur une lettre cachetée, que le trouble où j'étois m'avoit empêché d'appercevoir ; je m'en saisis, je l'ouvre & j'y trouve ces mots.

Lettre de la Marquise de P.... au Marquis de Fieux.

» Les pleurs que je répands en » vous disant adieu, cher Marquis, ne prouvent que trop la » violence que je me fais en vous » quittant. Je serois la plus ingrate des femmes, si je refusois ce té» moignage à la délicatesse d'une

» passion que vous m'avez marquée par tant de services & de » soins. La raison, la vertu, la » bienséance, mes affaires même, » tout m'oblige à m'éloigner de » vous : il a fallu même, pour m'y » déterminer, la juste crainte de » retomber sous la tyrannie de » l'ennemi cruel que vous me » connoissez. Jugez à ce second » aveu si je vous aime, vous n'en » devez pas douter : je prévois des » ennuis plus terribles à supporter, que tous ceux ausquels » j'aurois été en proye, si j'étois » retombée sous la domination » de Monsieur de P... Plaignez-moi donc, Marquis, ne me traitez pas d'ingrate, & mettez-vous à ma place ; vous m'avez » paru penser si bien, que vous » auriez desaprouvé vous-même » que je me deshonorasse dans le » monde en vivant avec vous ; » c'étoit prêter des armes contre

» moi, à un mari, dont l'objet prin-
» cipal est de me trouver criminel-
» le, en découvrant mon azile ; en
» nous trouvant ensemble, je ris-
» quois des jours que je sçai qui
» vous sont précieux. Je conçois
» par ma douleur toute celle que
» vous devez ressentir au coup in-
» attendu & cruel que je suis obli-
» gée de vous porter ; j'en ai pi-
» tié, c'est un second supplice
» pour moi. Mais si vous m'aimez,
» Monsieur, ne vous laissez point
» aller à votre désespoir ; je vous
» le demande au nom de cet
» amour que vous m'avez juré ; je
» vous l'ordonne même, s'il le
» faut ; servez-vous de cette rai-
» son qui m'a paru si puissante sur
» vous ; songez à votre fortune, &
» ménagez une vie qui doit peut-
» être encore un jour sauver la
» mienne. Sans vous dire où je
» suis, je sçaurai où vous êtes ; &
» vous me verrez plaindre, lors-

» que vous publierez mes prieres » & mes ordres. Je prétens, quoi- » qu'absente, conserver un empi- » re absolu, persuadée que vous » vous y soumettez. J'exige que » vous receviez comme une fa- » veur ce que vous trouverez » dans ma cassette que je vous » donne. Votre fortune est mé- » diocre, elle a besoin de secours » pour vous donner le tems de » vous faire un état, & je désire » que ce soit à moi que vous ayez » cette obligation. Je serai autant » occupée de vos affaires que des » miennes ; travaillez donc à me » consoler du sacrifice que je fais » aujourd'hui. Il n'y a que votre » avancement & votre repos, qui » soient capables de me causer » quelque joye dans mes mal- » heurs : vous m'avez juré que » vous me seriez toujours soumis ; » je me flate que vous me tien- » drez parole.

LA MARQUISE DE P...

De combien de larmes cette lettre ne fut-elle point arrosée? Dans quel état ce départ ne me réduisit-il pas? Je ne puis encore y songer & le décrire, que je n'en sois attendri.

Tout ce qui a rapport à ce qu'on aime, est toujours précieux. J'ouvris avec empressement cette cassette; deux sacs remplis d'argent & une bourse d'or y étoient renfermés; j'étois trop affligé, pour en faire l'examen; ce ne fut que quelques jours après que je sçus que le tout contenoit deux mille écus. Je fus plus sensible à l'attention qu'à l'utilité du bienfait; mon cœur pénétré ne connoissoit d'autre interêt que celui de sa douleur; je quittai la cassette, & me promenai dans ma chambre avec un trouble & une distraction qui me mettoit hors de moi-même. A force de penser, je ne songeois à rien: mes yeux mouillés de pleurs ne voyoient les objets que confusément. Enfin, je rompis le silence; je me plaignis amérement; j'adressois la parole à la Marquise, comme si elle eût été présente: la cassette eut son tour; je querellai les présens qu'elle m'offroit, & qui m'étoient donnés avec une prévoyance si délicate. Après avoir passé deux heures dans un état difficile à exprimer, fatigué de mon agitation, je m'endormis sur le bord de ma table; en me réveillant plus tranquille, mes yeux entrevirent dans la cassette une petite boëte quarrée, qui avoit échappé à mes regards égarés. Je l'ouvris; quelle fut ma joye! Elle renfermoit le portrait de la Marquise: ah! je respire, m'écriai-je, je vous retrouve donc, adorable personne! Oui, c'est vous, ce sont vos traits, cet air de douceur, ce souris aimable, fait pour inspirer l'amour.

Présent précieux, que vous êtes cher à mon ame troublée! Vous allez être ma consolation, mon unique compagnie, mes seuls plaisirs. Je m'abandonnai dans cet endroit à toute la vivacité de mes transports: tantôt je portois ce portrait sur mon cœur, tantôt sur ma bouche; je lui parlois, & l'accusois de la cruauté de l'original; un instant après je lui demandois pardon, & mon yvresse étoit au point que je ne fis pas attention que mes fenêtres ouvertes m'exposoient à la raillerie de deux femmes qui étoient aux leurs. Un éclat de rire qu'elles ne purent empêcher, me fit lever tristement les yeux vers l'endroit d'où il partoit. La honte d'être ainsi surpris me fit retirer précipitamment dans le fond de ma chambre: que vous êtes cruelle, dit une de ces femmes à l'autre, de rire du malheur de ce jeune Cavalier; c'est un enfant; il aime, & ſes tranſports m'attendriſſent. Que vous êtes folle, reprit la ſeconde! Les hommes méritent-ils qu'on s'intéreſſe à leur ſort? Ne ſommes-nous pas tous les jours les dupes de leurs fauſſes démonſtrations? Quelqu'un vint apparemment interrompre cet entretien; le ſilence ſuccéda; je profitai de cet intervalle, & fus refermer mes fenêtres; enſuite je me remis à me promener, en roulant cent projets différens pour découvrir l'azile de la Marquiſe: mais toutes mes imaginations aboutirent à me perſuader que mes recherches ſeroient vaines. Etranger & depuis vingt-quatre heures à Paris, il étoit tout ſimple que l'entrepriſe excédoit mes forces, & que le meilleur parti étoit d'attendre que le hazard me procurât un bien que j'aurois acheté de tout ce qui ſe ſeroit trouvé en ma puiſſance.

Il étoit près de neuf heures que je n'avois pas encore ſongé à ſortir de ma chambre. Un valet du Prince de N ... vint y frapper, & me dit que ſon Maître m'invitoit à venir ſouper avec lui : quelque répugnance que j'euſſe à me montrer dans l'abbattement où j'étois, je pris ſur moi de lui aller faire ma cour. Le Prince connut à mon abord que je ſouffrois; il me fit paſſer dans ſon cabinet : je vous ai ouvert mon cœur, me dit-il, comme un bon Allemand; je n'ai pas attendu que le tems me fît connoître ſi je pouvois compter ſur votre amitié; j'exige de vous la même confiance, non par l'envie de ſçavoir vos affaires, mais par l'empreſſement que j'ai de vous être utile, & de faire ceſſer une mélancolie que vous cachez vainement. Parlez-moi franchement, continua ce cher Prince, que je regretterai toute ma vie, peut-être trouverons-nous des remédes à nos peines; je n'en suis pas plus exempt que vous: en tout cas nous chercherons à nous en consoler; car n'est-ce pas une folie que de se laisser abbattre à l'âge où nous sommes, pour de certaines causes qui, à être examinées de près, ne méritent pas de troubler notre repos? Je crois que le grand secret pour ne point être malheureux dans cette vie, est celui de s'accommoder au tems, & de se faire un loi de regarder les événemens, tels qu'ils soient, comme une suite nécessaire & inévitable, attachée à nos pas. Le Chevalier de S... que je vous ferai connoître, est dans ce goût. Il y a quinze ans que la fortune ingrate à son mérite le persécute de tous les chagrins de la vie: je crois que celui de l'inaisance est est le plus à charge à un homme de condition & de mise; le Chevalier eſt dans ce cas ; cependant on le voit guai , toujours égal & badiner le premier de ſa miſere ; il n'a pas un ſol de revenu , il en convient ; il a pris le bon parti : tous ceux qui le connoiſſent , ſe font un vrai plaiſir de l'aider ſous main. Il nous rapporte tous les jours quelques faveurs nouvelles d'une ſecrete intelligence, qui , à ce qu'il dit, ſatisfait ſes créanciers , & lui procure des reſſources dans ſes embarras. Il s'amuſe de toutes ces choſes , & il en divertit les autres ; n'a-t-il pas raiſon, & ne doit-il pas ſervir de modéle à ceux qui plus ſenſibles ſe laiſſent accabler dans les moindres occaſions?

Je trouvai ce raiſonnement judicieux ; j'aurois cependant pû y répondre , je me contentai de ſatisfaire le Prince ſur ſa curioſité. Je lui fis part de ce qui venoit de m'arriver avec les termes les plus touchans ; il me plaignit, & convint que j'avois lieu de regretter une personne qui pensoit avec autant de délicatesse que la charmante Marquise. Pour me dissiper, il voulut que je fusse d'un souper où il étoit invité ; je le priai de m'en dispenser pour ce jour, mais je ne pus éviter le lendemain de me trouver à un pareil repas chez M. le Président De .... au Fauxbourg S. Germain, auquel je fus présenté, & qui me reçut avec toutes les politesses possibles. Madame sa femme est une des plus jolies personnes de Paris, & d'un brillant extrême à table. J'étois en trop bonne compagnie pour que mon chagrin parût; je pris assez sur moi pour contribuer aux plaisirs du repas ; le Prince ne démentoit pas la réputation de sa Patrie. Le vin de Champagne étant survenu, cet illustre ami se fit un plaisir de noyer les soupirs

soupirs qui m'échappoient de tems en tems dans cette aimable liqueur ; je me prêtai volontiers à ses désirs. La fin du repas fut extrêmement animée, soit que la vivacité de mes regrets contraints eusse porté à ma tête, ou que je ne fusse pas accoutumé à boire ; je sortis de table si complettement gris, que j'oubliai l'événement de la veille. Le Prince en m'excitant à boire, m'en avoit donné l'exemple ; & comme il s'y étoit prêté avec plus de goût que moi, les effets en étoient plus vifs. Il se ressouvint en montant dans son carosse, qu'il étoit brouillé avec sa Maîtresse. Baccus s'endort volontiers sous le myrthe ; le Cocher eut ordre de nous mener chez Mademoiselle de B... Je me fais un plaisir parfait, me dit le Prince, de surprendre cette fille : on ne m'attend pas à coup sûr ; j'aurai le plaisir, si je la trouve avec quelqu'un, de la convaincre & de me venger : & ſi elle eſt ſeule & dans ſon lit tranquille, repris-je, comment vous excuſerez-vous de venir à l'heure qu'il eſt indue troubler ſon repos ? Mais, répondit le Prince embarraſſé, je lui dirai.... Ah ! Marquis, continua-t-il, je ne ſerai pas dans cette peine ; je vous garantis que je trouverai chez elle un témoin de ſon infidélité. La femme de chambre m'a aſſûré que l'Amant en queſtion venoit chez elle cauſer une partie des nuits ; elle m'a même offert de me les faire ſurprendre enſemble. Si elle n'étoit pas auſſi ſûre de ſon fait, elle n'auroit pas oſé avancer cette propoſition. Ah ! Marquis, je donnerois mille ducats, pour que cette fille m'en eût impoſé.

Le caroſſe arrêta pendant ce diſcours : nous nous trouvâmes

à la porte de la Demoiselle, l'on frappa plusieurs fois sans qu'il fût répondu : qu'en dites-vous, me dit le Prince, ceci n'est-il pas une conviction de la vérité des choses avancées ? Pendant qu'on me fait entendre, l'Amant se cache & l'on se met en état de me recevoir : bon, repris-je, quelque précaution qu'on apporte je vous réponds de la confondre si vos conjectures sont véritables, rien ne m'échappe, j'ai le coup d'œil sûr, lorsqu'on est ainsi surpris, quelque vigilante qu'on soit, on oublie toujours quelque chose en se retirant, un certain desordre regne. Le Prince n'entendit pas cette derniere parole, on avoit ouvert la porte, & il demandoit assez vivement à un Laquais, en entrant, la raison pour laquelle on avoit fait si long-tems attendre. Le Domestique s'excusoit sur ce qu'il n'avoit pas entendu frapper ; & voïant le Prince, qui prenoit le chemin de l'appartement de sa Maîtresse, le supplia de vouloir bien ne la pas réveiller, attendu qu'ils avoient tous ordre dans la maison de ne laisser entrer personne dans sa chambre pendant les heures de son repos à moins qu'elle ne sonnât. Sans s'arrêter à ce discours le Prince ouvrit la porte de l'antichambre, me fit signe de le suivre, & avant que d'entrer dans l'appartement de sa Maîtresse, il me dit à l'oreille, les oiseaux, selon les apparences, ne sont pas dénichés, ayez l'œil à tout ; je l'assurai qu'il pouvoit compter sur moi. Nous entrâmes sur la pointe de nos pieds dans un appartement magnifique, éclairé par une lampe qui étoit sous la cheminée, & où regnoit un silence profond.

Après que le Prince eut écouté un instant, il alluma une bougie,

& nous fîmes la visite de la chambre, après avoir connu en entrouvant les rideaux de Mademoiselle de B.... qu'elle étoit seule, nous ne trouvâmes aucun indice qui pût nous faire connoître que quelqu'un s'étoit échapé. Je le certifiai au Prince ; mais prévenu par sa jalousie, il me dit que pendant l'instant qu'il avoit prêté l'oreille en entrant, il avoit distingué deux sortes de respirations ; pour moi qui n'avois point fait cette distinction, je pensai que la chaleur du repas lui faisoit doubler les objets. Le Prince revint une seconde fois vers le lit, la Demoiselle dormoit d'un profond sommeil, elle étoit belle comme le jour dans cette situation ; cette vûe tranquillisa cet Amant soupçonneux : avouez, Marquis, s'écria-t'il en contemplant sa Maîtresse avec plaisir, que jamais la nature n'a rien formé de plus parfait, & qu'un homme est pardonnable d'avoir des foiblesses pour quelque chose d'aussi aimable. Se peut-il qu'avec tant de charmes, on puisse avoir les sentimens perfides? Non, je ne le puis croire, la crainte de perdre un bien si précieux me séduit sans doute, la jalousie m'aveugle au bout du compte, continua-t'il en se confirmant dans cette réflexion, que reviendroit-il à Mademoiselle de B.... de m'en imposer, & de se parer à mes yeux d'une vertu fardée? N'est-il pas plus naturel de me persuader que l'aveu qu'elle m'a fait de sa tendresse est sincére? D'où vient ajouterois-je plus de foi aux discours d'un Domestique, souvent dictés.... dans ce moment une goute de cire brûlante étant tombée sur la main de Mademoiselle de B.... elle se réveilla en sursaut en jettant un grand cri, plus de notre apparition que de douleur; car il ne parut point que la goute tombée lui eût fait impression. Rassûrez-vous, s'écria le Prince en lui baisant la main, pardonnez si je trouble votre repos, je pars ce matin, & je n'ai point voulu m'éloigner sans vous faire mes adieux.

Cet Amant trouva cette excuse, tant il est vrai qu'on tremble toujours devant l'objet qu'on aime, & qu'on craint de lui déplaire; il ne lui fit point d'excuse sur l'accident dont on vient de parler, parce qu'il ne s'en étoit point apperçu.

Mademoiselle de B.... à qui l'éclat de la bougie avoit fait refermer les yeux en se réveillant ne reconnut le Prince qu'à sa voix, elle les r'ouvrit alors; il étoit aisé de s'appercevoir que la colére étoit prête à les enflâmer; mais à ce mot d'adieu, elle s'étoit calmée : Vous êtes doublement criminel, lui dit-elle, mon cher Prince en lui tendant la main, je vous aurois pardonné plus aisément le peu de consideration que vous marquez pour moi, en entrant dans mon appartement à des heures si indues, suivi d'un étranger, si vous ne m'annonciez pas un départ ; est-il rien de plus cruel que d'accabler quelqu'un par tant d'endroits ? En disant ces mots, Mademoiselle de B.... se couvrit le visage & voulut nous dérober des larmes. Cette vûe attendrit le Prince ; il ne peut feindre plus long-tems, il se jetta à ses pieds, l'assûra que jamais il ne la quitteroit, lui avoua non-seulement que son voïage étoit supposé, mais encore les rapports de sa Femme-de-Chambre. C'est une miserable, reprit-elle, qui cherche à se venger d'un soufflet que je lui ai donné

donné, & de l'avoir traitée de la bonne ſorte, pour m'avoir propoſé d'entretenir un commerce avec le Marquis de R.... Mais ce qui lui a fait le plus de dépit, c'eſt que je l'ai menacée de la mettre dehors, ſi je la ſurprenois davantage avec le Valet-de-Chambre de celui pour lequel elle m'avoit fait ces propoſitions. Ce diſcours vraiſemblable acheva de perſuader le Prince; je le vis ſi fort en train de faire ſa paix, que je jugeai à propos de ne point le troubler par ma préſence.

Je me retirois, j'étois déja dans l'anti-chambre, j'allois gagner l'eſcalier, lorſque j'entendis le Prince qui s'écrioit: Marquis à moi, à moi. Je rentrai avec précipitation, & je le vis l'épée à la main; je crus que quelques fumées de Champagne l'agitoient, & qu'il vouloit tuer ſa Maîtreſſe, ne voïant qu'elle pour objet de son transport. Dans cette pensée je lui saisis le bras : que faites-vous donc, Monsieur, me dit avec impatience le Prince, me prenez-vous pour un fol, & me croïez-vous armé sans raison ? tenez-vous vous-même sur vos gardes ; il y a quelqu'un de caché sous ce lit, en voulant relever ma tabatiére qui m'étoit échappée, au lieu d'elle j'ai saisi une main armée : voilà donc, perfide, continua le Prince en se tournant furieux vers sa Maîtresse, les preuves que tu me donnes de ton innocence ; qu'il sorte ce Rival heureux, que je voïe l'objet de tes lâches amours, & s'il est digne de m'être preferé. Je suis aussi surprise que vous, interrompit Mademoiselle de B.... avec une voix que la fraïeur entrecoupoit, bien-tôt vous connoîtrez l'injustice de vos soupçons ... Le trait est hardi, interrompit impatiamment le Prince, en maltraitant de ſon épée Mademoiſelle de B.... qui pour éviter la fureur de ſon Amant, ſe cacha ſous ſa couverture, en jettant de grands cris : Tu mériterois, Scelerate que je te fiſſe ſentir de quelle maniere on punit une malheureuſe qui joue un homme de ma ſorte. Je m'étois jetté ſur le Prince dès ſon premier tranſport ; mais changeant bien-tôt d'objet : Eh bien, ajouta-t'il en portant la bougie ſous le lit, veux-tu me donner la peine (en adreſſant la parole à celui qui s'y étoit caché) de t'en faire ſortir ? Je m'étois baiſſé comme le Prince, & je vis effectivement un homme d'aſſez mauvaiſe mine, qui ſe voïant menacé par les pointes de nos épées, ſe traîna avec précipitation, & ne fut pas plutôt ſorti de deſſous le lit qu'il ſe releva armé d'une main d'un poignard, & de l'autre d'un piſtolet qu'il nous préſenta Sa phiſionomie & la maniere dont il étoit mis, ſentoit plus l'aſſaſſin déterminé que l'Amant heureux.

Cet homme nous voïant le Prince & moi interdits, ne nous attendant en aucune façon à combatre avec des armes ſi inégales, s'avança hardiment à nous, & d'un ton aſſuré nous ordonna de jetter nos épées. Le Prince & moi nous nous regardâmes; dans cet inſtant le Voleur qui crut que nous tremblions, réïtera l'ordre, en voulant tirer de ſa poche un ſecond piſtolet. Prévoïant alors que nous étions perdus ſi je lui laiſſois le tems de ſe munir de ce nouveau ſecours, je lui ſautai au col, en détournant du bras ſon piſtolet, qu'il me lâcha. Les cris que jetta Mademoiſelle de B.... nous perſuadoient qu'elle en avoit été atteinte; le Prince y fit moins d'attention qu'à me ſecourir ; il ne put cependant empêcher que je ne reçuſſe deux coups de poignards dans les reins ; l'aſſaſſin ſe préparoit à me porter un troiſiéme coup qui auroit fini toutes mes avantures ; mais le Prince le prévint par un coup d'épée qu'il trouva le ſecret de lui paſſer au travers du corps, ne l'aïant pû faire juſques-là dans la crainte que je n'en fuſſe offenſé. Le voleur étant tombé ſous moi & le parant entierement de mon corps, ce ſecours me ſauva la vie & me délivra de l'homme le plus terrible & le plus furieux.

Cependant le coup de piſtolet & le bruit que nous faiſions, réveilla tous nos voiſins. Le Marquis de R.... le même dont Mademoiſelle de B.... avoit parlé, demeuroit dans la même maiſon au premier, il accourut en robe de chambre avec tous ſes gens armés, il fut surpris du spectacle qui s'offroit à sa vûe ; comme il ne connoissoit ni le Prince ni moi, il ordonna à son monde de garder la porte jusqu'à ce qu'il eût appris de Mademoiselle de B.... ce qui avoit occasionné une tragédie si sanglante. La tante de cette Demoiselle qui arriva sur ces entrefaites, fut dans une surprise extrême lorsqu'elle reconnut le Prince & qu'elle nous vit l'épée à main. Le Marquis de R.... s'étoit approché du lit de Mademoiselle de B..... il l'appelloit, & voïant qu'elle ne répondoit point à sa voix, il l'assuroit qu'elle n'avoit rien à craindre, qu'il étoit prêt à la secourir, & même à la venger, si on lui avoit manqué. Surpris qu'elle ne se montrât point après un tel discours, il crut qu'elle étoit tombée en foiblesse. Il le dit à sa tante, elle accourut, on leve la couverture ; mais, Grand Dieu ! quel ſpectacle ! Mademoiſelle de B.... nage dans ſon ſang : juſte Ciel ! s'écria la tante, ma niéce eſt aſſaſſinée. Le Marquis furieux à cette vûe ſe tourne vers nous, vous êtes des mal-honnêtes gens, nous dit-il en nous menaçant de la main, qu'on les ſaiſiſſe, ajouta-t'il en parlant à ſes gens, & qu'on les traite comme ils le méritent, juſqu'à ce que l'échaffaut les puniſſe du dernier ſupplice. La tante jettoit les hauts cris, le Prince menaçoit de tout tuer, & demandoit qu'on l'écoutât, tout le monde parloit à la fois, les Valets vouloient exécuter les ordres de leur Maître, quoique bleſſé ma contenance étoit fiére & impoſoit, les épées commençoient à ſe croiſer, la rumeur alloit aſſurément s'enſanglanter lorſque la Femme de chambre de Mademoiſelle de B.... parut ſur la ſcéne, tremblante & toute en pleurs. L'homme que nous avions trouvé sous le lit, qui avoit été jusques-là confondu dans la foule, apostropha cette fille, & faisant un effort se mit sur son séant & demanda audience. Nous nous trouvâmes pour le coup tous unis pour l'écouter. La premiere chose qu'il demanda fut un Confesseur, assurant qu'il prévoïoit qu'il n'avoit pas deux heures à vivre. Après qu'on lui eut accordé sa priere il s'expliqua en ces termes.

Vous voyez, nous dit-il en nous montrant la Femme-de-Chambre qui étoit plus morte que vive, le principe de mon malheur & de ce qui arrive aujourd'hui. Il n'est pas juste que je périsse seul, je ne suis pas le plus criminel; avant que je connusse cette malheureuse, je menois une vie douce & tranquille, les miens n'avoient pas lieu de craindre par la conduite que j'ai eue jusques là, que je fusse capable de tomber dans le désordre affreux qui me coûte aujourd'hui la vie.

Je servois dans la maison de M. de J.... Fermier Général où je vivois avec une douce tranquillité, lorsqu'en allant faire un soir une commission, je fis la fatale rencontre de cette fille; ses yeux éveillés & son abord aisé me plurent, je la conduisis chez elle, & j'en devins si amoureux dans les suites, que je ne pouvois vivre un moment sans la voir. Dans ce tems elle étoit au service d'une coquette qui donnoit à jouer; cette fille me vantoit tous les jours ses profits & la bonté de sa condition, je n'allois pas de fois chez elle effectivement, que je ne trouvasse les Domestiques à table & de bonne humeur; j'avois pris un tel goût à ce train de vie, que je ne passois pas un jour sans aller dans cette maison. Cet attachement qui me dérangea & qui fut remarqué de mon Maître, sévére au dernier point sur la conduite, lui déplut ; il m'avertit que la premiere fois qu'il auroit besoin de moi, & qu'il ne me trouveroit pas sous sa main, il me mettroit à la porte. Je me contins deux jours à cause de la menace ; mais m'ennuyant de la vie triste qu'on menoit dans notre maison, où l'on n'avoit que le pur nécessaire, je fus voir Nison, c'est le nom de cette fille, chez laquelle j'esperois de me dédommager de l'ennui précedent. Je fus reçu d'elle avec beaucoup de reproches d'être resté si long-tems sans la voir. La petite colére qu'elle me montra redoubla mon inclination ; je lui fis mes excuses ; & je lui dis les raisons qui m'avoient empêché de la visiter. Elle se mocqua du prétexte, me dit que j'étois ſol de me contraindre, & qu'un joli garçon ne manquoit jamais. Je trouvai qu'elle avoit raiſon, & je fus noyer mon inquiétude dans d'excellent vin qui me fut donné avec profuſion.

Le Bleſſé fut interrompu dans cet endroit par l'arrivée d'un Chirurgien qu'on avoit envoyé chercher. L'on fit paſſer tout le monde dans une autre chambre après quoi l'on viſita Mademoiſelle de B.... L'on nous rapporta que ſa bleſſure n'étoit point dangereuſe, que la bale avoit tranſpercé les chairs à côté du ſang, & qu'il n'y avoit rien à craindre pour ſa vie. Il n'en étoit pas de même du Voleur, le coup étoit mortel, & il ne devoit pas vivre vingt-quatre heures ; il reçut l'Arrêt de ſon ſort avec aſſez de réſignation ; on lui fit boire un cordial, pour lui donner la force d'achever son histoire ; le Chirurgien qui avoit été prévenu qu'il devoit trouver de l'occupation, avoit amené deux Garçons qui l'aiderent à nous panser tous. Dès qu'on eut satisfait aux plus pressés, nous environnâmes le Blessé qui reprit ainsi son discours.

Il étoit minuit sonné lorsque je retournai chez mon Maître, il n'étoit pas encore couché ; il voulut me gronder, le vin me rendit insolent & il me mit à la porte sur le champ, après m'avoir fait payer & donné quelques coups de canne, pour m'apprendre, disoit-il, le respect que je devois à un homme de sa qualité. Je pourrois dire cependant en passant, qu'il n'étoit pas de meilleure maison que moi, mais il avoit cent mille livres de rente & cela vaut bien une Noblesse délabrée.

Je ne fus point embarrassé du

parti que j'avois à prendre ; je m'en retournai gayement chez Nison ; elle parut surprise de me voir de retour à ces heures ; je lui comptai mon avanture. Eh ! mon pauvre enfant, me dit-elle, tu n'as qu'à rester ici, tu feras comme les autres. Deux jours après je me trouvai au fait. Il s'agissoit d'attirer des pratiques à la maison, soit pour le jeu, soit pour autre chose ; un écu revenoit par tête, lorsque les pigeons étoient gras, lesquels sortoient rarement du colombier, sans y laisser leurs plumes. Cette vie me parut si douce, & les émolumens de ma condition si profitables, que mon émulation me fit bientôt distinguer de la Maîtresse du logis. Elle m'initia à ses mystéres ; Nison en devint jalouse ; les talens que cette fille me connut, lui faisant craindre que je ne lui échappasse, & que le mérite supérieur de la Patrone ne l'emportât sur ses foibles charmes, elle résolut de lui chercher noise, afin de l'obliger à la chasser, ou du moins à se rendre indépendante. Pour cet effet, elle affecta des airs de hauteur; la Maîtresse altiére la traita du grand ton; la Femme de chambre ne fut pas muette, la querelle s'échauffa, les défauts se reprocherent, & la scéne finit par se décoëffer.

Après une telle insolence de la part d'une Servante envers sa Maîtresse, Nison n'avoit pas lieu de douter qu'on ne la mît à la porte, l'ayant cherché & prévû. Elle me demanda si je n'étois pas dans l'intention de la suivre, en cas que cela lui arrivât. Trop content de ma condition, je biaisai; sa jalousie augmentant à la préférence que je donnois à sa Maîtresse, elle résolut de pousser les choses à bout, & de me mettre dans le cas de lui tout devoir. Pour y réuſſir plus aiſément, elle accepta le pardon que ſa Maîtreſſe lui fit offrir, moins par amitié (je le ſuppoſe) que par politique, dans la crainte que ſes ſecrets ne fuſſent trahis. Quelques jours ſe paſſerent ſans qu'il parût aucun levain de ce qui s'étoit paſſé ; mais Niſon qui ne feignoit que pour donner plus de poids à la trahiſon qu'elle méditoit, fut trouver en ſecret le Commiſſaire, ſe rendit à ſes yeux blanche comme la neige, & lui dit qu'elle ſe croyoit obligée en conſcience de lui révéler les ſecrets de ſa Maîtreſſe, afin qu'il y mît ordre. Pour donner plus de force à ſon accuſation, elle affecta la tendreſſe la plus ſincere pour elle, & pouſſa la noirceur juſqu'au point de ne rien déclarer, que ce Juge ne lui eût promis qu'il n'en viendroit à aucune extrêmité, & qu'il ne feroit que l'intimider, afin de la retirer du vice dont je viens de parler. Le Commissaire la loua de son zéle, lui promit que quelque chose qu'il arrivât, il ne lui seroit rien fait, & qu'elle seroit protégée comme une honnête fille.

Le lendemain à quatre heures du matin notre Maîtresse fut enlevée; Nison qui s'en étoit doutée, avoit eu la précaution la veille de faire sortir tous ses effets. Au premier bruit elle accourut dans ma chambre: Leve-toi, me dit-elle, mon enfant, avec un effroi feint sur le visage; nous sommes perdus, les Archers sont à la porte. On est sans doute informé de la vie qu'on mene ici; le Pharaon est un crime capital; & si nous sommes pris, il n'y a point de quartier: dépêche; nous avons heureusement la porte qui donne sur l'escalier voisin, par laquelle nous pouvons nous sauver.

ver. Les choſes que j'avois à me reprocher, me firent hâter, je pris la fuite avec cette fille. Nous vécûmes quelque tems dans la même maiſon : mais nous étant arrivé d'autres avantures qui nous rendirent ſuſpects, joint à ce que Niſon commençoit à ne plus ſe ſoucier de moi, comme je l'ai reconnu dans la ſuite, nous nous ſéparâmes. La Femme de chambre trouva le ſecret d'entrer dans cette maiſon ; & ſous prétexte qu'il lui étoit défendu d'entretenir aucun commerce avec des hommes, elle m'abandonna & me priva entiérement de ſes ſecours. Tombé dans une indigence affreuſe, & trop décrié pour être reçu dans aucun ſervice, le déſeſpoir me fit faufiller avec les plus mauvais garnemens, avec leſquels je fus de part d'une partie des vols qui ſe faiſoient tous les jours.

Cependant l'exacte Police qui s'observe à Paris, me faisant craindre d'être pris sur le fait, me rendit plus timide, & par conséquent plus misérable. Je recourus à Nison ; cette fille me reçut avec une joye qui me surprit : je ne fus pas long-tems sans en deviner les raisons ; elle me fit part d'un projet qu'elle avoit, dans lequel je devois jouer le rolle principal ; il devoit m'en revenir trente louis. Il étoit question de trahir une seconde fois sa Maîtresse ; il n'y a que le premier crime qui coûte : je devois ne la venir voir que lorsqu'elle m'en donneroit avis. La conclusion étoit de me cacher sous le lit de sa Maîtresse, pour la perdre dans l'esprit d'un Prince qui étoit son Amant, pour des raisons secretes & profitables, dont elle me devoit un jour faire part.

Malgré les promesses de cette

fille, je ne crus devoir m'y fier par la connoissance que j'avois de son caractére. Un seul écu qu'elle me donna, notre entretien terminé, me donnant lieu de croire qu'elle se mocqueroit de moi, dès que je lui deviendrois inutile, je résolus de profiter de l'occasion favorable, qui m'étoit offerte pour me mettre tout d'un coup à mon aise. La réputation que Mademoiselle de B... a d'être riche, me fit résoudre de la voler. Ennuyé du retard qu'apportoit Nison à la conclusion de ses desseins, & de plus en plus misérable, je suis venu hier ici pour lui demander des secours, & la sonder sur l'entreprise dont elle m'avoit parlé. Elle étoit en Ville; cependant étant entré jusques dans l'appartement de sa Maîtresse sans y trouver personne; & démêlant l'endroit où je pouvois me cacher aisément, j'ai résolu de tenter l'avanture que j'avois méditée, dans l'intention que si j'avois le malheur d'être surpris caché, de me disculper à Mademoiselle de B... en lui apprenant la trahison de sa Femme de chambre.

Vous sçavez le reste, Messieurs; c'est l'état malheureux où je me trouve, qui m'a tout d'un coup fait reconnoître que je ne pouvois échapper à la mort. Je me serois servi sans doute des moïens que j'avois pour éluder un châtiment légitime : mais tremblant des comptes que je dois rendre à Dieu d'une vie remplie de désordres, je crois devoir implorer sa miséricorde, & vous supplier en son nom de vouloir bien me pardonner, & de vous contenter de la mort qui m'est assûrée, en faveur d'une famille d'honnêtes gens qui seroient au désespoir, si j'étois traité par la Justice comme je le mérite.

Le Confesseur qu'on avoit envoyé chercher, étant survenu quelque tems avant la fin de cette histoire, s'approcha dès qu'elle fut finie, vers le malheureux jeune homme. Le Prince & moi sortîmes de la chambre, & nous rentrâmes dans celle de Mademoiselle de B... Elle avoit repris connoissance; & dès que nous parûmes, elle fit signe de la main qu'on se retirât. Le Prince à qui la connoissance de l'injustice qu'il avoit faite à sa Maîtresse, le rendoit au desespoir, s'approcha vers elle, s'avoua coupable, lui demanda mille pardons; & pour l'obtenir se peignit avec les couleurs les plus noires. Cette belle fille lui répondit avec une voix assez émue, qu'elle remettoit à la fin de sa guérison à lui répondre sur cet article; mais qu'elle le prioit en attendant, de s'absenter de la voir. Le Marquis de R..... qui nous avoit suivis & qui entendit ces choses, & qui étoit instruit de la qualité du Prince, l'arrêta comme il sortoit, & lui fit mille excuses de ce qui s'étoit passé, sans oublier de me faire une politesse à ce sujet. Je laissai au Prince à répondre ; il sortit sans daigner proferer une seule parole ; je jugeai à sa phisionomie qu'il avoit quelque chose sur le cœur, & je ne me trompai point.

Avant que de quitter la maison de Mademoiselle de B.., dont je n'aurai plus occasion de parler, pour des raisons qui ne feront que trop tôt énoncées, il est bon de rapporter ce qui s'y passa. Le Commissaire que le Marquis de R . . . avoit envoyé chercher dès le commencement du tapage, fut renvoyé ; il fut résolu de tenir cette affaire secrete. L'on chassa la Femme de chambre, en la menaçant que si elle étoit trouvée le lendemain à Paris, on la livreroit entre les mains de la Justice. Le Chirurgien à qui l'on donna une grosse somme, se chargea du Blessé, & du soin d'imaginer un moyen pour que sa mort ne fût point recherchée. Mademoiselle de B... guérie de sa blessure, & touchée jusqu'au vif de la fatale conclusion qui suivit cet événement, sortit du Spectacle, & vit depuis ce tems dans une retraite assez édifiante pour servir de modéle à celles qui sont nées pour le donner à celles de sa sorte.

Dès que nous fûmes dans le carosse, le Prince me marqua le regret qu'il avoit d'avoir occasionné mes blessures; je lui protestai que je serois toujours charmé de pouvoir lui donner des marques positives de mon attachement respectueux. Il me parut extrêmement touché de l'accident qui étoit arrivé à Mademoiselle de

B... & ne me parla en aucune maniere du Marquis de R... Je ne prévoyois pas assurément les suites que devoit avoir cette affaire ; tout blessé que j'étois, il me sembloit qu'elle n'auroit pas eu une si malheureuse suite.

Quelques peu considérables que fussent mes blessures, le mouvement du carosse augmenta si fort la douleur, que l'on fut obligé de me porter dans ma chambre, où dès que j'y fus, on me mit au lit. Le Prince resta quelque tems auprès de moi ; mais accablé à la fin de la veille, il se retira en me faisant de nouvelles protestations qu'il n'oublieroit jamais les marques que je lui avois données de mon amitié.

Il étoit une heure après midi, que je n'avois pas encore entendu parler du Prince ; cela me surprit & m'inquiéta d'autant plus, que le Comte de Z... son Gentil-

homme

homme dont je connoissois la tendre amitié, ne pouvoit ignorer ce qui s'étoit passé, il me sembloit qu'il devoit m'en dire quelque chose, & je ne pouvois me persuader que l'indifference eût part à cet oubli. J'envoyai mon Laquais chez le Prince pour sçavoir comment il avoit passé la nuit, & pour m'informer si le Comte étoit à la Ville. Duplessis me rapporta que le Prince ne s'étoit point couché, & qu'il étoit sorti à six heures du matin avec son Gentilhomme. Je ne fis pas sur le champ réfléxion à ce qui s'étoit passé la veille; je ne conjecturai autre chose, sinon que le Prince inquiet de la santé de Mademoiselle de B.... étoit allé chez elle pour apprendre en Amant empressé comment elle se portoit. Cette idée me donna quelques momens de tranquillité. L'image de la Marquise de P... & sa perte qui s'étoit retracée vivement à mon cœur éperdu, succeda à ces inquiétudes. Je me resolus bien de faire mes efforts pour la retrouver dès que je serois libre de vacquer à cet interessant emploi ; mais notre vie se passe à faire des projets inutiles. Je ne fus pas long-tems à éprouver cette importante vérité.

J'achevois de diner lorsque le Comte de T.... entra dans ma chambre avec un air troublé : Faites retirer votre Laquais, me dit-il, j'ai des choses de consequence à vous apprendre, je suis au désespoir, continua-t il, mon cher de Fieux en m'embrassant & en versant des pleurs, le Prince mon cher Maître, helas ! le croirez-vous ..... Eh ! bien m'écriai-je, allarmé .... n'est plus, poursuivit-il en se renversant dans un fauteuil: Juste Ciel ! m'écriai-je frappé comme d'un coup de foudre, que m'apprenez-vous ? Helas ! je ne vous dis que trop vrai, reprit le Comte, j'abrége un détail affreux, il faut que je me sauve moi-même, l'on me cherche, & je serois à coup sûr arrêté. Vous étiez présent aux discours qu'a tenus le Marquis de R..... le Prince s'en est offensé; de tout tems possesseur de sa confiance, il m'a fait part de son aigreur, je me suis fait répeter les choses comme elles s'étoient passées; en m'apprenant l'offense, je l'ai fait souvenir de l'excuse, en vain j'ai voulu lui persuader que l'insulte étoit indirecte, puisqu'elle avoit été faite sans connoissance de cause; sa délicatesse sur le chapitre de l'honneur n'a rien voulu admettre. Il s'est habillé, & malgré mes instances pressantes il est sorti, j'ai cru dans une pareille occasion ne devoir pas l'abandonner; nous avons été trouver le Marquis de R.... vous sçavez son âge; il a fait en galant homme tout ce qu'il a pû pour faire revenir le Prince de l'idée de l'insulte, protestant qu'il n'avoit eu aucun dessein de lui manquer. Helas! mon cher Maître couroit à sa perte, & je suis assez malheureux pour y survivre, il n'a voulu se prêter à mille de nos raisons. Le vieux Marquis poussé à bout, s'est enfin déterminé à satisfaire les désirs turbulens du Prince, en convenant cependant à cause de ses années que le combat se feroit à cheval, le pistolet à la main. J'ai vainement représenté pour la vingtiéme fois la rigueur des Ordonnances, & les suites d'une telle affaire, inutilitez, il étoit dit, continua ce Gentilhomme en pleurant, que je perdrois le plus aimable Maître. Que vous dirai-je de plus, j'accompagne le Prince, un parent du Marquis s'offre pour un second, nous sortons tous quatre, le Prince tire ſon coup inutilement, le Marquis ajuſte le ſien, il porte dans le front du Prince, mon adverſaire eſt ſur le carreau, je vole à mon Maître, il eſt ſans vie. Voilà, mon cher Marquis, le comble de mes malheurs; je conçois que vous partagez ma peine, & vous avez raiſon, le Prince vous aimoit tendrement. Adieu le tems me preſſe, ſouvenez-vous de moi, au nom de Dieu que cette triſte nouvelle ſoit appriſe à la Cour de N..... par un autre canal que le mien, je n'ai pas le courage de l'y annoncer moi-même, ni celui d'y reparoître jamais. En proferant ces mots il ſortit; j'avois le cœur ſi ſerré, que je n'eus ni la force de lui répondre ni de lui marquer mon deſeſpoir.

Je reſtai pendant trois heures ſi étourdi de cet évenement imprévû, que j'étois incapable d'aucune refléxion. Mon Laquais vint me tirer de cet aſſoupiſſement en entrant d'un air effrayé dans ma chambre. Il n'y a point de tems à perdre, me dit Dupleſſis, on vient vous arrêter, le Commiſſaire qui avoit promis de tenir ſecret ce qui s'étoit paſſé chez Mademoiſelle de B.... a fait ſon rapport ; on lui a envoyé garniſon chez elle, & c'eſt un Laquais de ſa part qui venoit en avertir le Prince. Heureuſement que j'avois fait connoiſſance avec lui cette nuit, & que je l'ai rencontré comme il ſortoit de cet Hôtel. L'avis me parut de conſequence, & tout bleſſé que j'étois je réſolus d'en profiter. Je fis venir un fiacre, & après avoir ſatisfait mon Hôte qui m'avoit paru parfaitement honnête-homme, je lui fis part de l'état où je me trouvois & de l'embarras de ma fuite. Il fut le premier à m'indiquer un ami qu'il avoit dans le

Temple, lieu privilégié, à ce qu'il m'assuroit, & dans lequel je pourrois attendre que ma santé me permît de prendre un autre parti.

Je passai six mois dans ce séjour sans qu'il m'arrivât rien d'extraordinaire; je vivois assez tristement, ne voyois personne, occupé du souvenir de la Marquise dont je n'avois aucune nouvelle, & de la perte d'un Prince que je commençois à aimer si tendrement. La lecture & mes talens étoient ma seule consolation. Sur la fin des derniers mois, le souvenir de Madame de P.... ne m'agitoit plus avec le même empire, à un certain âge les passions sont moins turbulentes, sur tout lorsque le cœur est distrait par l'occupation & le soin de sa fortune. Les réfléxions nécessaires sur ma situation présente reprenoient peu à peu le dessus, je songeois que je n'étois rien, que je ne jouisſois d'aucun revenu, & que l'avenir ne me repréſentoit aucune reſſource certaine. Je ſoupirois alors & je me demandois à moi-même, ſi je devois reſter encore long-tems dans l'inaction ; mon argent diminuoit peu à peu, je ne voyois aucun lieu d'en recouvrer d'autre, ces idées me firent impreſſion & me conduiſirent inſenſiblement à un examen ſolide de l'uſage que je devois faire de ma vie préſente ; mon cœur n'étoit plus tyranniſé, j'avois des talens, je crus que la Cour étoit un monde qui m'étoit le plus convenable & plus propre à me faire faire une fortune qui m'étoit ſi néceſſaire ; en vingt-quatre heures enfin je me decidai, je me fis habiller, je payai ce que je devois, j'examinai ma bourſe, il me reſtoit cent piſtoles ; quoique je ſçuſſe que mon affaire fût aſſoupie, je changeai de nom, pour me mettre à l'abri de tous les évenemens passés, je pris celui du Chevalier de Rozan, Fief appartenant autrefois à la famille. Duplessis prévenu malgré sa répugnance, changea de Maître, ne voulant pas me charger d'un Laquais dans l'incertitude de mon sort. Toutes ces mésures prises j'arrivai à Versailles le quinze de Mars de l'année mil sept cens ..... je louai une chambre garnie à la Place Royale, avec une intention décidée de faire ma cour & de m'attacher à quelque Seigneur qui pût me prendre sous sa protection, & me guider dans le chemin épineux de la fortune. Pour ne point me tromper dans le choix de celui que mes vûes se destinoient, je resolus d'en suivre plusieurs pendant un tems, & de ne me décider qu'après avoir connu les caractéres de tous ceux qui étoient en place ou qui figuroient.

Un ancien ami de feu mon pere & auquel je m'addreſſai, me donna les élemens de ce païs orageux & me préſenta à quatre des principaux Seigneurs. Je partageai ſi bien mon tems, que je les voyois regulierement tous les jours, dans l'intention de donner aſſez bonne opinion de mon mérite, pour me faire un protecteur qui pût me procurer de l'emploi, n'étant point d'humeur d'avoir d'autre Maître que le Roy.

Dès les premieres viſites le Duc de S. A. penſa me fixer; ce Seigneur eſt bien fait, a l'air noble, la phiſionomie prévenante & polie, ſa premiere vûe perſuade, vous trouvez dans lui un protecteur & un ami; ſans la loi que je m'étois faite de ſuſpendre mon goût, je m'y ſerois attaché pour le reſte de mes jours.

M. de C.... tenant un rang conſiderable dans le miniſtére,

me parut froid & d'un difficile accès. Je me fis instruire de son caractére, on me dit, que ce froid lui donnoit un air de hauteur qui étoit plus fort que lui, que ne l'ignorant pas il se captivoit autant qu'il lui étoit possible; mais que dans le fond c'étoit un parfaitement honnête homme, obligeant, & charmé lorsqu'il trouvoit les occasions de faire plaisir; qu'il étoit vrai que ce n'étoit pas indifferemment, que pour lui plaire il falloit être vrai, avoir de bonnes mœurs & des sentimens, que lorsque quelqu'un se faisoit connoître à lui par ces endroits, il étoit presque assuré de faire son chemin; on m'ajouta même que ce Ministre prévenoit le mérite lorsqu'il en avoit des idées certaines.

Le troisiéme Seigneur à qui je faisois ma cour, étoit M. le Duc de F. L. aussi connu par le brillant de ſa jeuneſſe que par ſes talens ; il étoit toujours ſuivi des arts & de ceux qui les profeſſent, ſon air ouvert, badin & familier me charma, & dès ſa premiere vûe mon intérieur ſe remplit avec vivacité de tous ces beaux dehors.

Le quatriéme enfin eſt M. de C. P. qui me donna de l'admiration, mais ne me fit point naître d'autres ſentimens, & cela parce qu'on ne peut aimer tout le monde; l'on me dit cependant qu'il étoit ami ſolide, & que lorſqu'il avoit tant fait que de promettre, l'on pouvoit ſe perſuader qu'il ne vous manquoit jamais ; qualité d'autant plus rare dans un païs où l'on ne ſe repaît que de chiméres, & que d'apparences ſouvent frivoles & trompeuſes.

Il y avoit près d'un mois que je vivois dans une molle incertitude, ſans me décider ſur rien. La matinée étoit employée à quêter dans une anti-chambre le moment où je pouvois faire ma révérence; heureux alors si l'on s'en étoit apperçû ; la Messe du Roi s'ensuivoit, son dîner & le mien ; de-là je revenois au Château, où je me chauffois, & où j'écoutoi sans rien dire le murmure de l… plûpart de ceux qui sollicitent qui se plaignent souvent avec auss… peu de raison qu'ils en ont de demander des graces. Les Officiers vantoient leurs services, leurs blessures, & la perte de leurs biens, dont ils prétendoient n'être pas récompensés; d'autres frondoient contre l'injustice criante, assûroient-ils, qui mettoit en place des gens dont le mérite étoit inférieur à l'élévation du leur. Une autre classe fulminoit contre le peu d'égard qu'on avoit pour les enfans de peres qui avoient été, se persuadoient-ils, les plus fermes colonnes de l'Etat. Je fus pendant les premiers jours la dupe de tous ces différens entretiens; mais je ne fus pas long-tems ſans connoître que la plûpart de ceux qui y viennent ennuyer les Miniſtres de leurs importunes demandes, ſont ſouvent les moins fondés à les demander. Le vrai mérite eſt timide, & ſemblable à la beauté, n'eſt recommandable que quand l'orgueil en eſt ſéparé. La façon de penſer de ceux dont je viens de parler, différoit au point de cette maxime, qu'un Prince ou un Seigneur venoit-il à paſſer, l'un s'en diſoit l'ami, l'autre avoit ſoupé la veille avec lui; pour mieux en impoſer, il s'en trouvoit qui ſe levoient à l'arrivée d'un Grand, & le forçoient par une révérence profonde à répondre à une politeſſe orgueilleuſe; on le ſuivoit enſuite, & lorſqu'on avoit laiſſé paſſer un tems ſuffiſant pour donner lieu à la vraiſemblance, on revenoit en vantant les égards & les promeſſes certaines de la réuſſite d'une affaire. Tel eſt le caractere des hommes, ils ſe parent continuellement de toutes les choſes qui leur ſont étrangeres.

Un ſoir que je revenois de la Comedie, où j'avois ſuivi le Duc de...... auquel je faiſois depuis quelque tems ma cour avec aſſiduité, ce Seigneur me fit ſigne de m'approcher, & me demanda ſi je pouvois lui donner la ſoirée, en me diſant qu'il avoit affaire de moi. Je l'aſſûrai que je regardois comme une faveur ſinguliere la grace qu'il vouloit bien me faire, d'occuper un tems que je lui avois ſacrifié dès le premier jour que j'avois eu l'honneur de le voir. Il parut content de ma reponſe, & il me dit de le ſuivre. Nous traverſâmes les appartemens ; & lorſque nous fûmes au bas du dégré de la Cour des Princes, il m'ordonna de monter dans ſa chaiſe qui l'y attendoit: vous arrêterez au bout de la grande allée, me dit ce Seigneur, dans une heure au plus tard je vous y rejoindrai.

J'obéis, & je me rendis bientôt à l'aſſignation. Quelque torture que je donnaſſe à mon eſprit, mon imagination ne pouvoit approfondir ce myſtére, ni deviner à quoi il devoit aboutir; quoique j'euſſe eu l'honneur d'entretenir quelquefois ce Seigneur, je n'avois pas celui d'être aſſez en liaiſon avec lui pour me flater d'être choiſi préférablement à beaucoup d'autres, pour lui être utile. Il me vint d'abord dans l'idée qu'il avoit une affaire d'honneur, & que peut-être il m'honoroit de la qualité de ſecond; mais après avoir examiné les choſes, je ne fus pas long-tems dans cette opinion, le rang que tenoit

tenoit le Duc de F. Q. & ſon caractere doux & poli le mettoit à l'abri des querelles. Mes doutes s'arrêterent à un autre objet : ne s'agiroit-il point, me diſois-je, de quelques Maîtreſſes, ou d'occuper le tems de quelque mari incommode ? Enfin il n'y eut point de penſées qui ne me paſſaſſent par l'eſprit. Le Duc de F. Q. arriva ſur ces entrefaites, vint éclairer & terminer mes réflexions.

Dès qu'il fût arrivé, il deſcendit de ſa chaiſe, paſſa dans un ſentier à l'écart, & me fit appeller par un Valet de Chambre qui l'accompagnoit : Chevalier de Rozan, me dit-il, je ſuis perſuadé de toute la ſurpriſe que doit vous cauſer une avanture à laquelle vous ne vous attendiez pas : je me ſuis apperçû de votre conſidération pour moi, elle m'a donné lieu de m'informer de ce que vous eutez ; je suis au fait d'une partie de vos avantures, cette connoissance a fait naître de l'estime. Il est inutile que je m'étende davantage sur ce sujet, ce qui arrive aujourd'hui en est une preuve manifeste, aussi-bien que de l'opinion que j'ai de votre fermeté & de votre discrétion ; il s'agit d'un dépôt précieux que je veux vous confier, il m'est cher, vous en allez juger.

En faisant une visite d'amitié à une sœur, que des raisons domestiques ont fait retirer dans un Couvent, je fus prié par elle de m'interesser pour les affaires d'une amie qui vit dans la même maison, qu'un mari cruel & jaloux persécutoit au point, qu'elle étoit obligée de recourir à l'autorité souveraine pour qu'il lui fût accordé comme une grace, de ne point sortir d'un Couvent, où elle s'étoit refugiée pour conſerver une vie qu'elle ne doutoit pas de perdre ſi ſon mari uſant de ſes droits obtenoit de l'en faire ſortir. Je promis à ma ſœur tout ce qu'elle voulut, ſans entrer dans un plus grand détail, & ſans prévoir l'interêt que je devois prendre un jour à cette affaire, que je ferois mon poſſible pour que ſon amie eût la ſatisfaction que l'on attendoit de moi. Pour cet effet je lui dis qu'elle me tînt un Mémoire prêt, qu'avant de repartir je m'en chargerois, & qu'en conſéquence je m'employerois avec plaiſir pour cette Dame. Je n'eus pas plutôt quitté la grille, que cette affaire me paſſa de la tête; quelque bien intentionnés que les gens de notre eſpece ſoient, la diſſipation eſt ſi fort attachée à l'homme de Cour, qu'il oublie auſſi aiſément qu'il promet. Je me reſſouvins cependant de cette affaire au premier voyage que je fis à Paris ; ma chaise eut ordre d'arrêter au Couvent de ma sœur ; elle parut accompagnée d'une femme belle comme l'amour : je suis sûr, me dit-elle, en me la présentant, que le Mémoire que je vous ai donné, remis par cette Dame, ne sera plus oublié : c'est une femme de qualité qui mérite qu'on s'intéresse à son sort ; je me tais sur le reste, vous avez des yeux & du goût. Je vous avoue que la vûe de cette belle Dame, & les discours qu'elle me tint en me rendant son Placet, firent l'impression la plus vive sur mon cœur. Je devois en arrivant partir sur le champ ; mais je me trouvai si fort changé, dès que j'eus goûté les charmes de la conversation de l'amie de ma sœur, qu'il étoit huit heures du soir que je n'avois pas encore songé à faire mes adieux : sous prétexte d'être plus exactement informé des affaires de la belle persécutée, j'avois toujours quelques questions nouvelles à lui faire, & plus cet entretien duroit, & plus je trouvois d'esprit & de douceur. La Comtesse de B.... c'est ma sœur, me dit en souriant, qu'elle étoit bien charmée qu'elle eût trouvé le secret de m'arrêter si long-tems, que cela ne m'étoit pas ordinaire, qu'elle en étoit extrêmement flattée, & que ce n'étoit pas sans chagrin qu'elle étoit obligée de me faire appercevoir que l'heure s'opposoit à une plus longue visite. Je me levai à ce discours en soupirant, & j'assurai ma sœur en faisant mes adieux, qu'elle auroit lieu d'être contente des mouvemens que je me donnerois pour sa belle amie, & qu'avant qu'il fût peu j'apporterois moi-même des nouvelles de cette affaire. Je sortis après ces mots, & le caractere de mon humeur se trouva si changé, que tous ceux que j'ai coutume de voir, crurent que j'avois du chagrin, ou qu'il m'étoit arrivé quelque chose; il n'y eut pas même jusqu'au Roi, qui ne me fît l'honneur de m'en parler. Concevant par-là que je devois me contraindre, afin de dérober les motifs qui devoient me faire agir pour l'amie de ma sœur, lesquels étant découverts, n'auroient pas manqué de nuire à ses affaires, je recourus à l'usage que l'on a de se contrefaire dans ce païs, & j'affectai mon ton ordinaire, sans que le cœur entrât pour rien dans cette dissimulation.

Je m'empressai les premiers jours à m'acquitter des paroles que j'avois données; à mesure que j'operois ou que j'apprenois quelque chose de nouveau, j'allois sur le champ en rendre compte à Paris. Que vous dirai-je, M. le Chevalier, continua le Duc, ces fréquentes visites m'ont rendu le plus amoureux des hommes; mais ce que vous trouverez, je gage, de plus singulier, c'est que je ne me suis pas encore déclaré, & que je suis aussi peu avancé que le premier jour: cela est d'autant plus extraordinaire, que nous sommes assez dans l'usage de brusquer les passions; mais la Dame dont il est question impose, malgré qu'on en ait, tant de respect, qu'il est aussi impossible de lui en manquer, que de ne pas l'aimer dès qu'on la voit; mais abrégeons.

J'allois ce matin chez le Ministre pour l'engager à mettre l'amie de ma sœur à l'abri d'un ordre que son mari avoit obtenu, qui obligeoit la Superieure du Couvent où elle s'étoit refugiée de lui remettre sa femme entre les mains; lorsqu'en passant au

Bureau, un Commis qui m'est attaché, me dit en secret que les mouvemens que je m'étois donnés pour cette belle Dame ayant transpiré, & fait connoître à l'Epoux qu'il avoit affaire à forte partie, cet homme s'y étoit pris d'une autre maniere, & que sur des derniers exposez, appuyés d'amis puissans, il venoit d'obtenir une Lettre de Cachet pour enfermer sa femme dans un Couvent de Province le reste de ses jours; qu'il me conseilloit en ami de ne plus me mêler de cette affaire, qu'elle étoit épouventable, & que ce n'étoit point sans raison qu'on avoit donné droit au mari. Là-dessus il me fit un détail que la calomnie & la noirceur avoit dicté. Je m'informai du jour que l'ordre devoit avoir son exécution; c'est d'hier dont je vous parle, poursuivit le Duc, & demain l'amie de ma sœur doit être arrêtée:

tée : mon parti est pris, je veux la soustraire à cette rigueur ; je veux que l'Abbesse lui donne sa liberté ou de gré ou de force : cette violence entraîne tant de suites, que je n'ai voulu confier mon dessein qu'à vous, qui êtes depuis trop peu de tems à la Cour, pour y être connu. Voilà, M. le Chevalier, ajoûta le Duc, en me regardant fixement, de quoi il est question. Si l'entreprise n'est pas de votre goût, de la discrétion ; si vous vous y livrez de bonne grace, agissons.

J'assûrai le Duc qu'il pouvoit entiérement compter sur moi, & qu'il n'y avoit point de danger que je n'affrontasse pour lui prouver mon zéle : il me serra la main d'un air satisfait, & m'interrompit en me disant, que pour dérober à la Cour la connoissance de cette affaire, il alloit souper dans une de ses Maisons de campagne, où il avoit invité grand monde ; qu'il avoit paru au ſouper, qu'il reviendroit au coucher avec ſa compagnie ; qu'il ſe mettroit au lit devant ſes gens, & qu'un inſtant après il partiroit avec un Valet de Chambre dont il connoiſſoit la fidelité, pour venir me rejoindre au lieu qui m'étoit indiqué.

Pour moi je devois aller du même pas au Couvent de..... Un diamant m'étoit remis que la Comteſſe connoiſſoit, pour donner confiance à tout ce que je dirois, c'étoit d'apprendre aux Dames ce qui ſe paſſoit, & leur prouver qu'il n'y avoit point à balancer ſur le parti. L'amie de la Comteſſe devoit aller trouver l'Abbeſſe & l'avertir qu'elle ſortiroit. En cas que cela ne fît aucune difficulté, j'étois chargé de la conduire dans un endroit indiqué où l'on prendroit des meſures à l'arrivée du Duc, pour mettre cette Dame à couvert des persécutions de son mari ; mais s'il arrivoit au contraire, (ce que le Duc soupçonnoit,) que l'Abbesse eût des ordres secrets pour la retenir, je devois alors les assurer que le Duc se trouveroit à trois heures après minuit sous les fenêtres de l'appartement de sa sœur, qui étoient basses, & dont les simples grilles, seroient aisées à limer. Le Duc à qui l'amour avoit tout fait prévoir, s'étoit muni de deux limes sourdes, avec lesquelles je devois faire moi-même cette opération, la rue étant déserte & peu fréquentée.

La descente de la fenêtre étoit aussi prévûe : une échelle nous étoit nécessaire ; & il n'y avoit personne, assûroit le Duc, qui pour une couple de louis ne m'en prêtât ou ne m'en vendît une. Il me donnoit ſon Valet de chambre pour m'aider dans tous ces projets, en me recommandant de prendre toutes les précautions requiſes pour ne point être ſoupçonné. Je trouvai le pas gaillard, & je n'eus garde de laiſſer entrevoir tout ce que j'en penſois. J'aſſurai au contraire le Duc; qu'il pouvoit entiérement s'en repoſer ſur moi, & que je me ferois plutôt hâcher que de lui manquer à ces aſſurances. Je fus embraſſé & careſſé ; beaucoup de proteſtations & de promeſſes, uſage ordinaire lorſque l'on a beſoin de nous, & qu'on oublie auſſi aiſément qu'on les a faites, dès qu'on devient inutile. Le Duc voulut me remettre ſa bourſe, en cas de beſoin; un peu de vanité, & un ſot déſintereſſement, dont je ne puis me corriger, me la firent refuſer.

Toutes ces meſures priſes ;

nous nous ſéparâmes : le Duc tourna ſur la gauche, & moi je fus à Paris deſcendre aux Dames de...... L'on me fit dire à ſon Parloir, que la Comteſſe étoit indiſpoſée, & qu'elle ne voyoit perſonne : mais m'étant fait annoncer de la part de ſon frere, cette Dame vint un moment après. Je lui fis voir la bague ; nous entrâmes en matiere, & je lui expoſai le ſujet de ma viſite. La Comteſſe fut effrayée de ma propoſition ; mais mon frere eſt fou, me dit-elle deux fois ; il ne prévoit pas apparemment à quoi il s'expoſe, en cas que l'Abbeſſe ne ſe prête point à nos deſirs ; le deſſein eſt extravagant ; nous ne ſommes pas dans un Village : enlever au milieu de Paris une femme dans une Abbaye Royale ! mais mon frere a perdu l'eſprit. Ses exclamations durerent une demie-heure ; je revins à la charge, en lui faisant observer qu'il n'y avoit point de tems à perdre; que celui qui nous restoit suffisoit à peine, & devoit être employé à prendre les mesures nécessaires pour donner une heureuse fin à cette affaire. Que l'Exempt arriveroit peut-être à la pointe du jour; à moins qu'on ne voulût laisser aller les choses selon leur cours, & voir enlever une amie qui étoit alors perdue pour jamais.

Je prononçai ce discours d'un ton ferme. Mes répresentations furent si vives, qu'elles firent rêver la prudente Comtesse. Elle me dit qu'elle alloit avertir son amie, & que du même pas on iroit tenter la voye de la Supérieure.

Lorsque je fus seul, mes yeux se porterent avec distraction sur la bague du Duc qui étoit restée à mon doigt; c'étoit un grand diamant en table, d'une beauté singuliere, & qui me parut monté si différemment des autres, que je l'ôtai de sa place pour le mieux considérer. Le goût que j'ai toujours eu pour la méchanique, à laquelle je m'occupois quelquefois, me fit découvrir que cette bague renfermoit un secret. Je l'examinai de si près, qu'ayant pressé le diamant par hazard, il tourna, retenu par une petite vis d'acier attachée au chaton, dont la tête étoit masquée d'un brillant, qui ne sembloit placé que pour la symétrie.

A la vûe d'un portrait en miniature extrêmement petit, je fus me mettre au grand jour pour le mieux distinguer. Malgré son peu de grandeur, les traits étoient si bien proportionnés & si ressemblans, qu'ils me frapperent jusques dans le fond de l'ame. Juste Ciel! m'écriai-je, par quel enchantement le portait de Madame de P..... se trouve-t'il ici? Le Duc en est-il aimé? Est-ce une faveur? Un gage précieux de sa tendresse, ou doit il au hazard la possession d'un trésor si cher? Cette vûe ranima des feux que l'absence & la dissipation éteignoient de jour en jour. La jalousie & le dépit succéderent; mille réfléxions plus cruelles les unes que les autres, s'emparerent de mon esprit: tout m'assura que l'amie de la Comtesse n'étoit autre chose que la Marquise de P.... En vain je me rappellai pour me tranquiliser ce que le Duc m'avoit dit à son sujet: il l'adoroit; il risquoit pour l'enlever tout ce qu'un homme de sa qualité pouvoit perdre, & je ne pouvois me persuader que tant d'amour fût payé d'indifférence. Le bruit que firent deux Dames entrant dans le Parloir, interrompirent ces cruelles idées. Je me levai avec précipitation pour les recevoir : quoique le portrait m'eût prévenu sur la vûe de la seconde, je ne pus m'empêcher de reculer deux pas ; je voulus même m'écrier ; mais saisi, la voix mourut au passage. Madame de P.... fut aussi surprise à ma vûe, que je l'avois été de la reconnoître : mais plus maîtresse d'elle-même, elle se remit bien-tôt. La destinée est admirable, s'écria-t'elle, en adressant la parole à la Comtesse ; croiriez-vous, Madame, continua-t'elle en jettant les yeux sur moi, que Monsieur s'est toujours trouvé à point nommé pour me secourir dans les occasions, où ma vie & ma liberté ont été en danger ? Ah ! je ne crains plus rien, ajoûta-t'elle, puisque le Marquis de Fieux m'est rendu.

Sensible, au-delà de tout ce que je puis dire, au ton dont ces mots furent prononcés, qui me prouvoient la confiance qu'on avoit encore en moi, j'oubliai les impressions que m'avoit fait la vûe du Portrait. Que je suis heureux, Madame, repris-je avec transports, que vous vouliez bien m'honorer encore de pareils sentimens; mille périls courus pourroient à peine les mériter : c'est me rendre justice, & j'exposerois cent fois ma vie pour conserver la vôtre. La Marquise répondit à ce discours avec des yeux qui me parurent touchés de ces nouvelles assurances. La Comtesse parut ravie que son frere se fût servi d'un homme que son amie connoissoit : elle m'apprit ensuite que l'Abbesse avoit refusé que Madame de P... sortît, sous prétexte qu'il étoit trop tard : qu'elle venoit cependant d'apprendre d'une Religieuse, pour laquelle cette Supérieure n'avoit rien de caché, qu'elle n'avoit aucun ordre de la retenir ; mais qu'étant fort amie de M. de P.... elle avoit remis au lendemain, dans l'intention, sans doute, de faire avertir sous main le mari, afin qu'il n'eût rien à lui reprocher, en cas que la sortie de sa femme ne fût pas de son goût.

Ce rapport me fit connoître qu'il falloit mettre les fers au feu, & travailler sur le champ à prendre les mesures convenables pour éviter à Madame de P.... le sort qui lui étoit préparé. Je crois inutile de chercher à prouver, que s'agissant d'une personne qui m'étoit si chere, je devois m'employer avec vivacité. Cette affaire qui m'avoit paru dans les premiers instans épineuse, délicate, & peu convenable, me sembla alors aisée & remplie de justice ; tant il est vrai qu'il n'y a que notre interêt seul & nos préjugez qui font trouver les choſes bonnes ou mauvaiſes.

Je remis le projet de l'enlevement ſur le tapis : la Comteſſe y faiſoit ſans ceſſe des objections, paroiſſoit tremblante, craignoit que l'entrepriſe n'échouât, & qu'étant répandue dans le monde, ſa réputation n'en ſouffrît. Une avanture qui lui étoit arrivée, & à laquelle elle n'avoit, diſoit-elle, donné aucun lieu, étoit cauſe qu'elle s'étoit retirée de ſon plein gré, dans un âge où l'on commence à goûter les plaiſirs. Son mari prétendoit l'avoir trouvée tête à tête avec un amant ; l'hiſtoire vouloit qu'il l'eût maltraitée à ce ſujet, & la cronique ajoûtoit, que la retraite de cette Dame avoit été plus occaſionnée par le dépit que par la ſageſſe. Il m'eſt impoſſible d'aſſurer, qui de l'époux ou de la femme avoit tort : ce qui eſt de certain, c'eſt que le Comte ſon époux, s'y étoit pris de toutes les façons pour l'appaiſer & la faire ſortir du Couvent ; & que malgré tous ſes pas, il n'avoit pû y réuſſir : ce qui ne faiſoit pas contre elle.

Quoi qu'il en ſoit, elle me parut dans l'occaſion préſente d'une incertitude extraordinaire : j'avois beau lui repréſenter, que ſi nous manquions la nuit, la Marquiſe étoit enlevée ; elle répondoit toujours que ce ſeroit encore pis & pour elle & pour nous, ſi l'on nous ſurprenoit en tentant cette violence ; qu'elle étoit effrayée pour moi qui parloit, parce que ſi j'avois le malheur d'être arrêté, toute la protection du monde ne pourroit empêcher que je ne portaſſe ma tête ſur un échaffaut : que ſon frere, tout accredité qu'il étoit, couroit les mêmes riſques ; que les loix étoient formelles dans de telles occaſions, & qu'on ne devoit pas lui ſçavoir mauvais gré d'héſiter ſi long tems à prêter la main à une pareille entrepriſe.

Je voulus pour la perſuader la prendre par l'interêt de ſon frere. Vous le connoiſſez mieux que moi, Madame, lui dis-je; mais dans le peu que je l'ai examiné, il m'a paru qu'il étoit vif & entier dans ſes réſolutions. Cela ſuppoſé, de quoi ne ſera-t'il pas capable, ſi malgré les efforts qu'il a deſſein de faire pour éviter à Madame votre amie le ſort qui lui eſt deſtiné, il la voit enlever après s'être fait un devoir de la préſerver de ce malheur? N'eſt-ce pas vous-même, continuai-je, Madame, qui avez prié M. le Duc de s'intereſſer pour votre amie? Seroit-il ſurprenant, ajoûtai-je, en regardant fixement Madame de P.... que les charmes d'une perſonne ſi accomplie, ayent fait valoit doublement cet interêt ? Ce fondement posé, que ne risquez-vous pas ? d'une affaire simple, il en résultera une criminelle : aucun ordre supérieur ne retient ici Madame votre amie ; on lui refuse la liberté de sortir : libre qu'elle est, elle a des lieux de craindre, fondée par la connoissance qu'elle a de la cruauté de son époux. Elle s'échappe, on lui prête la main : qu'y a-t'il à cela de criminel ? Mais, si M. le Duc court après l'Exempt chargé des ordres supérieurs, & qu'il empêche qu'il n'ayent leurs effets, qu'en arrivera-t'il ? Pardonnez, Madame, ajoûtai-je, m'appercevant que la passion m'avoit fait élever le ton de ma voix, si j'ose vous faire ces representations peut-être avec un peu trop de vivacité ; je ne fais qu'exécuter les ordres de M. le Duc : je me conformerai du reste à ceux que vous voudrez bien me donner.

Pendant que je parlois ainsi, la Comtesse m'examinoit avec beaucoup d'attention ; il me sembloit même, si j'ose le dire sans amour propre, que ses yeux me distinguoient & qu'ils étoient plus occupés de ma figure que de mes discours. Dès que j'eus fini, elle me dit qu'elle étoit resolue, pour se déterminer, que son frere fût arrivé ; que pour obvier aux inquiétudes du Portier, qui attendoit notre départ pour fermer les portes de la maison, elle alloit y envoyer de sa part pour le tranquilliser & prétexter une affaire de conséquence qui regardoit son frere, afin qu'il eût la liberté de monter lorsqu'il seroit arrivé.

La Marquise qui jusques là avoit gardé un profond silence, se mêla dans cet endroit à notre entretien : il n'est pas juste, inter-

rompit-

rompit-elle avec un dépit dont elle ne fut pas la maîtresse, que tant de personnes que j'estime soient compromises pour mes interêts ; dites, s'il vous plaît, à M. le Duc, continua-t'elle en m'adressant la parole, que je suis sensible autant qu'on le peut être aux marques qu'il vouloit me donner de son amitié ; mais que je ne veux point me mettre dans le cas qu'on me le reproche. Je suis resolue à attendre tranquillement tous les malheurs qui me sont préparés, & je laisse au Ciel à me protéger contre les violences de M. de P...... Adieu, Monsieur, poursuivit-elle en se levant, je n'oublierai jamais la vivacité que vous avez toujours marquée pour ce qui me regarde, je n'ai pas besoin de nouveaux témoignages pour me le persuader ; mais s'il vous reste quelque consideration pour moi, je vous prie & même je vous défends de ne rien tenter pour ma dlivrance.

Les pleurs de Madame de P.... trahirent en cet endroit sa fermeté; ils me pénétrerent jusqu'au fond du cœur ; la Comtesse même en parut si attendrie, qu'elle se jetta au col de la Marquise, & lui demanda pardon d'avoir hésité si long-tems à se déterminer ; que la tendre amitié qu'elle avoit pour elle la persuadoit autant que les raisons judicieuses que je lui avois exposées; qu'elle consentoit à tout, qu'il falloit décider sur le champ, étant prête de son côté, à faciliter de tout son pouvoir l'entreprise.

La Marquise reçut avec douleur ces témoignages d'amitié ; mais refusant d'en accepter les preuves, je fus autant de tems à la déterminer, que j'en avois été à persuader la Comtesse. Nous commençions à convenir de nos faits, lorsque le Portier introduisit dans le parloir un Laquais essoufflé, qui demanda avec précipitation Madame de P.... Me voici, reprit la Marquise en reconnoissant cet homme, qu'allez-vous m'annoncer, Silvestre, s'écria-t'elle émue du trouble avec lequel ce Domestique se présentoit, venez-vous encore me préparer à de nouvelles rigueurs de la part de votre Maître ? vous pouvez vous épargner cette peine. Je suis instruite du dernier coup qu'il me porte .... Ah ! je crains bien, Mademoiselle, interrompit le Laquais, que vous ne soyez que trop vengée des maux que vous a fait souffrir Monsieur, il tire à sa fin, il se meurt. Ciel ! que me dites-vous, interrompit la Marquise en se laissant aller dans son fauteuil ? Helas ! il n'est que trop vrai, continua Silvestre, un accident horrible vient de le surprendre, il n'a pas deux heures à vivre, il m'envoie vers vous pour vous supplier que vous lui donniez la consolation qu'il vous demande lui-même pardon, & qu'il meurt entre vos bras. La Marquise leva les yeux au Ciel à ce discours : vous le sçavez ô mon Dieu, s'écria-t'elle, si malgré tant d'injustice soufferte, j'ai désiré jamais la fin de celui qui en étoit l'auteur ! Allez, Silvestre, allez, continua la Marquise en se levant, pressez-vous d'assurer M. de P. que non-seulement je lui pardonne, mais même que je donnerois encore ma vie pour conserver la sienne ; je ne crois pas dit-elle en se tournant vers la Comtesse que Madame la Supérieure fasse aucune difficulté pour me laisser sortir. J'arrêtai le Valet de chambre de M. de P.... qui sortoit en faisant observer à la Marquise qu'il étoit bon qu'il se trouvât prêt à confirmer ce qu'elle alloit dire à l'Abbesse, en cas qu'elle s'obstinât à faire de nouvelles difficultez. Ce que nous avions prévû arriva, la Supérieure feignit par un excès de zele d'envoyer un de ses gens sçavoir l'état positif de M. de P.... afin, représentoit-elle, que s'il étoit mort d'éviter à la Marquise un spectacle aussi triste. Madame de P.... qui ne pouvoit faire mieux, fut encore obligée de remercier l'Abbesse; elle revint nous trouver, & nous dit ces choses; nous jugeâmes avec raison que cette bonne Réligieuse soupçonnoit de l'artifice; nous attendîmes le retour de celui qui avoit été envoyé avec beaucoup d'impatience. Silvestre extrêmement affectionné à son Maître, frappoit du pied d'impatience, & maudissoit de tout son cœur l'Abbesse & toute la Communauté; il vouloit, disoit-il, aller la relancer de la bonne façon ; la Marquise le lui défendit, & lui ordonna de s'acquitter au plus vîte de la commission qu'elle lui avoit donnée. Quelque peu de lieu qu'elle eût de regretter un époux si injuste & si cruel, cette charmante femme étoit dans un état à faire pitié, & ne regrettoit sa liberté, que par l'impatience où elle étoit de soigner elle-même son mari. La Comtesse & moi nous admirâmes la singularité d'un pareil évenement ; la précipitation avec laquelle le Valet de chambre étoit sorti, ou pour mieux dire la surprise dans laquelle nous avoit jettés cette nouvelle imprévue, nous fit oublier de demander par quel accident extraordinaire M. de P.... se trouvoit si près de sa fin. Nous ne tardâmes pas à être informés, le Laquais de Madame l'Abbesse revint, la nouvelle étant confirmée, cette Religieuse vint elle-même presser Madame de P.... de partir, en faisant ses adieux à la Comtesse & à la Supérieure. Je lui proposai de l'accompagner jusques chez elle ; mais le Valet de chambre étant revenu qui lui amenoit un carosse, elle me remercia avec bonté, & me pria avec un air qui me représentoit les bienséances de ne point paroître en aucune façon, une reverence respectueuse l'assura de ma soumission. Dans le moment elle sortit du Parloir.

La Comtesse de .... arrêta le pressé Valet de chambre, & lui demanda ce qui étoit arrivé à son Maître. Nous eûmes toutes les peines du monde à l'obliger à nous faire ce récit ; il nous apprit en tenant la porte du Parloir d'une main & ayant un de ses pieds dehors, qu'en revenant de Versailles la chaise de son Maître avoit été heurtée par un carosse à six chevaux de M. le Comte de .... & que le choc avoit été si violent, qu'elle en avoit été renversée ; que la glace de devant lui avoit coupé le ventre en deux, & qu'il n'en pouvoit réchapper. Après ce peu de mots le Valet de chambre se retira.

Nous regardâmes la Comtesse & moi cet accident comme une juste punition de toutes les cruautez dont ce mari avoit usé envers sa femme. Après avoir fait quelques refléxions sur ce sujet, je pris congé de cette Dame, & je fus rejoindre le Valet de Chambre de M. le Duc qui m'attendoit dans un Cabaret voisin. Comme il étoit de la confidence, je lui appris l'évenement qui venoit d'arriver, il en bénit le Ciel, m'avouant pour lors combien l'entreprise méditée lui avoit répugné.

Dans

Dans l'intention où j'étois d'aller avertir M. le Duc de toutes ces choses, je regardai l'heure qu'il étoit à ma montre ; connoissant que je pourrois encore trouver ce Seigneur chez lui, je partis sur le champ.

Je m'abandonnai pendant le voyage à toutes les réfléxions que pouvoit me produire l'évenement inattendu qui venoit de se passer. Quoiqu'il ne soit pas humain de fonder sur la mort de son semblable, je ne pouvois m'affliger de la certitude de celle de M. de P.... elle ne sembloit point desavantageuse aux interêts de mon amour ; j'allois plus loin, elle pouvoit être utile à ma fortune. Pour mieux assurer ces idées, je me représentois de quelle maniere j'avois reparu aux yeux de la Marquise, prêt à lui rendre le service le plus signalé ; ensuite je me flattois sur le ton & sur l'air avec lequel j'avois été reçu, rien ne m'obligeoit à croire que je fuſſe oublié : Que ſçais-je, me diſois-je, ſi cette charmante femme ne reſſent pas pour moi quelque choſe de plus que de la reconnoiſſance ! Je me rappellois cette lettre qu'on a vû. Elle alloit être veuve, elle étoit jeune & moi ni ſot, ni mal fait ; la vanité appuyoit ces réfléxions, après les bienſeances d'un deuil qui l'empêchoit de ſe remarier, ne me devoit-elle pas la vie ? J'étois Gentilhomme, peu riche il eſt vrai, mais les femmes en cela plus eſtimables cent fois que les hommes, rarement ſe déterminent par les richeſſes, & décident plus ſouvent par le mérite ou par goût. Beaux projets très-faiſables, mais qui étoient encore bien éloignés !

La maiſon de campagne où ſoupoit M. le Duc, étant à moitié chemin, je crus devoir y paſſer. Cette précaution me reuſſit, le Duc étoit encore à table. L'aïant fait avertir il en ſortit, il fut extrémement ſurpris de me revoir; ſes yeux tâchoient de pénétrer avant que je parlaſſe, les raiſons importantes qui me ramenoient; & ſans m'écouter: il n'eſt plus tems, peut-être, me dit-il, la Marquiſe eſt enlevée. Grand Dieu! je périrai plûtôt que de ne point l'arracher au ſort qui la menace: Je ne ménage plus rien, partons. Je jugeai à ce tranſport de la paſſion de ce redoutable Rival; il me ſervit de leçon, & je me réſolus de me contraindre avec tant de ſoin, que j'eſpérois lui cacher le ſecret de mes ſentimens. Lorſque j'eus appris au Duc la cauſe de mon voïage & l'extrémité où étoit le Marquis de P.... il m'embraſſa, & me dit, comme s'il m'avoit eu une grande obligation, qu'il n'oublieroit jamais les ſervices que je lui avois rendus. Les effets succederent bien-tôt aux paroles ; en reprenant son diamant, il me fit des excuses de ce qu'il ne me le laissoit pas : non, disoit-il, à cause de sa valeur ; mais pour une raison que je sçaurois un jour. On imagine bien que je n'eus pas grand peine à la deviner, au lieu de cette bague, il me donna une tabatiere d'or garnie de diamans ; je crus ne devoir pas refuser, ce présent me devint d'une double valeur par les façons qui assaisonnerent ce bien fait.

Après nous être entretenus quelques instans sur les nouvelles présentes, il me pria de retourner à Versailles, disant qu'il avoit à me parler, & qu'il m'y réjoindroit le plûtôt qu'il le pourroit. Il s'informa obligeamment si j'avois soupé. J'avois la tête remplie de tant de choses, que non-seulement j'avois oublié ce besoin, mais même que je ne me ſouviens pas ce que je répondis à cette queſtion ; le Valet-de-Chambre reſta auprès de ſon Maître & je repartis avec une ſatisfaction ſecrette, qui ſembloit m'annoncer que mon ſort ne ſeroit point malheureux. On connoîtra par les ſuites le fond qu'on doit faire ſur ces prejugez.

Dès que je fus arrivé à Verſailles, je me rendis à l'appartement du Duc. J'expoſai à un Valet-de-Chambre qui dormoit en attendant ſon Maître, les ordres que j'avois d'attendre ſon retour. Cet homme, quoique d'aſſez mauvaiſe humeur, ne put ſe diſpenſer de me céder ſa place ; mais je démêlai ſa répugnance & ſa jalouſie. Je m'en mocquai & me jettai dans un fauteuil, où je ne fus pas long-tems ſans m'endormir d'un profond ſommeil.

Parmi le nombre de ceux qui

étoient attachés au ſervice de M. le Duc, étoit un Gentilhomme Provençal, nommé de Caradas, important, orgueilleux, & auſſi épais de figure que d'eſprit. Cet homme avoit ſans doute trouvé mauvais que je m'attachaſſe à ſon Maître. Je n'en avois pas été ſurpris, les gens d'un mérite médiocre ſouffrent impatiemment que d'autres qu'eux approchent de leur Patron : la défiance perpétuelle où ils ſont qu'on ne les ſupplante, eſt un aveu tacite qu'ils ſont peu dignes de la place que le hazard ou le crédit leur a procurée. Ceux au contraire, qui en ſont dignes, ſe font un plaiſir, un honneur, & une gloire de vous faliciter les approches & la protection du Maître auquel ils ſont attachés. Celui dont je parle, ne penſoit pas comme ces derniers ; dans toutes les occaſions il me donnoit des marques que la cour que je faisois assiduememt, ne lui étoit pas agréable. Il avoit même poussé l'impertinence jusqu'à me manquer de politesse. Dans un autre tems, je lui en aurois dit deux mots ; mais les affaires précédentes m'avoient corrigé de ma vivacité. Dans l'intention où j'étois de faire ma fortune, lorsque je vins à la Cour, je m'étois fait une loi de passer dorénavant tous les proeédés qu'on pourroit avoir avec moi, pourvû qu'ils ne blessassent pas directement mon honneur. J'avois souffert déja plusieurs fois de cette contrainte ; car il étoit arrivé que de Caradas m'avoit manqué jusqu'au point de me barrer le passage lorsque je suivois son Maître. J'avois pensé sortir du caractere que je m'étois imposé ; la réfléxion m'avoit encore retenu, bien résolu cependant que si l'occasion devenoit plus grave, de ne pas souffrir davantage de ce Gentilhomme. Plus un homme a de cœur, plus il est circonspect & poli : sa prudence lui fait éviter les extrêmitez, il éloigne les affaires ; mais plus il s'est retenu, & plus il est dangereux. Un faux brave au contraire s'offense d'un mot, d'un rien ; il est toujours prêt, à ce qu'il dit, à se porter sur le pré : vingt affaires connues ont prouvé, prétend-t'il, sa valeur ; il cherche à imposer & ne réussit qu'avec les gens de sa trempe. Le voyez-vous pris au mot, il fait le plongeon, il élude ; ou s'il met enfin l'épée à la main, il choisit les tems & les lieux où il ne peut douter d'être séparé.

Je ne doute pas que bien des gens ne se reconnoissent à ce portrait ; je ne l'ai point fait sans raison.

J'ai dit, si je ne me trompe, que je

je dormois d'un profond ſommeil, lorſque des ſecouſſes réïterées me réveillerent en ſurſaut; j'ouvris les yeux & je vis un homme devant moi qui me tiroit rudement par le bras, c'étoit de Caradas: qu'on ſe réveille, s'écrioit-il, par la cadedis vous vous croyez ſans doute, mon cher, au Cabaret; de quel droit vous trouvez-vous ici, je vous prie, ſi vous oubliez le reſpect que vous devez au Maître, on vous l'apprendra. Je me levai furieux à ce diſcours, & me contenant à peine: vous êtes bien heureux, repris je en le regardant fiérement, que je ſçache mieux pratiquer que vous ce reſpect dont vous vous parez, ſans cela je vous apprendrois à parler. Ce Gentilhomme fut un peu ſurpris du ton avec lequel je lui parlai, & ſemblable à ces gens qui ſe croyent tout permis lorſqu'ils ſont en place, il me dit groſfiérement que j'étois un fat, que je sortisse ou qu'il me feroit jetter par les fenêtres. Il fut heureux pour lui & pour moi, qu'un Vallet-de-Chambre vint avertir que le Duc rentroit, un moment plus tard, j'allois peut-être me perdre à jamais.

Caradas qui prévit à mon air furieux que j'allois le faire repentir de son insolence, & qui en craignit sans doute les suites courut au-devant de son Maître pour le prévenir. Le Duc qui avoit autre chose dans la tête, ne fit attention qu'à mon nom, & demanda où j'étois. Le Gentilhomme qui crut que cette question annonçoit le ressentiment de son Maître, marcha devant lui, & dès qu'il me vit, faisant le plaisant, il dit avec un air ironique: le voilà, Monseigneur, ce fier-à-bras, ce Matamort qui ne respecte ni les lieux où il est, ni les personnes : Je ſuis bien heureux que vous ſoyez arrivé, ſans vous, continua-t'il ſur le même ton, j'étois déconfit.

Fin de la Troiſiéme Partie.

APPROBATION.

J'AI lû & paraphé chaque page. LA SERRE.

www.ingramcontent.com/pod-product-compliance
Ingram Content Group UK Ltd.
Pitfield, Milton Keynes, MK11 3LW, UK
UKHW020319180726
13839UKWH00001B/496